オレンジ色の不思議

斉藤洋 作
森田みちよ 絵

静山社

オレンジ色の不思議

もくじ

プロローグ

冬は日が暮《く》れると、すぐに暗くなる。

ここから先は住宅地《じゅうたくち》という、繁華街《はんかがい》のはずれに、どういうわけか、ほとんど廃屋《はいおく》といっていいのに、それでも、窓《まど》に明かりがともっているから人が住んでいるらしい木造家屋《もくぞうかおく》がある。その屋根の上に、金星ととなりあって、上弦《じょうげん》の月がかかっている。

月と金星は地球から一番目と二番目に近い。

どちらも、これ見よがしにかがやいているけれど、しょせんは太陽の光を反射《はんしゃ》しているだけだからな……、などとネガティブな気持ちになりかけたとき、わたしのうしろをだれかが通った。

小太りの制服《せいふく》の警察官《けいさつかん》だった。

その警察官《けいさつかん》を見送っていると、わたしのうしろで声がした。

「おじさん。」

少女の声だった。

警察官《けいさつかん》を〈おじさん〉と呼《よ》ぶ者もいないだろう。ほかに人はいないから、わたしのことらしい。

ふりむくと、女の子が立っていた。

ベイスターズのスタジアムジャンパー、白いタートルネックのセーター、白地に青いストライプが入った短いスカート、そして、白いソックスと白いスニーカー……。

知らない女の子だ。

小学校六年生か中学校一年生くらいだろうか。

だまってその子を見ていると、その子がまた言った。

「おじさん。」

わたしは背《せ》は高くないが、それくらいの少女だと、ちょっとわたしを見あげるようになる。見あげるようになって、わたしを見ているから、おじさんというのは、やはりわたしのことだろう。

「わたしですか?」

といちおうきいてみると、少女はうなずいた。

「おじさん。本、書いてる人でしょ。」

もし、そう言ったのがおとなだったら、いきなり失礼なやつだなと思い、

「ええ、まあ……。」

と曖昧《あいまい》に答えただろうが、あいては子どもだったし、

「書いてるけど。」

と答えた。

「やっぱりね。写真、見たことある。」

少女はそう言うと、わたしが見ていた空を見あげた。

「おじさん。星、見てたの?」

「そう。月と金星をね。」

と答えると、少女が言った。

「火星もでしょ。」

「火星？」

「うん。」

「火星って、どこに？」

「月と金星のあいだに、オレンジ色の小さな点が見えない？」

言われて、空を見あげれば、たしかに見える。

月と金星が明るかったので、見落としたのだろう。それに、東京の夜空は満天の星ということもない。

わたしが、

「ああ、ほんとだ。」

とつぶやくように答えると、少女は、

「言われないと見えないものって、あるよね。」

と言ってから、きゅうに話を変えた。

「わたしのうしろのほうから、おまわりさんがくるでしょ。」

見れば、たしかにまた警察官《けいさつかん》が歩いてくる。

さっきとはべつの警察官《けいさつかん》のようだ。身体《からだ》の線が細い。

わたしと少女のそばを通るとき、どんな顔か見たのだが、帽子《ぼうし》を深くかぶっているし、なにしろ、夜なので、顔はよく見えない。見えるのは細い顎《あご》の線だけだった。

警察官《けいさつかん》が通りすぎてしまうと、少女が小声で言った。

「あのおまわりさん、あやしいんだ。」

一　去りゆく警察官《けいさつかん》

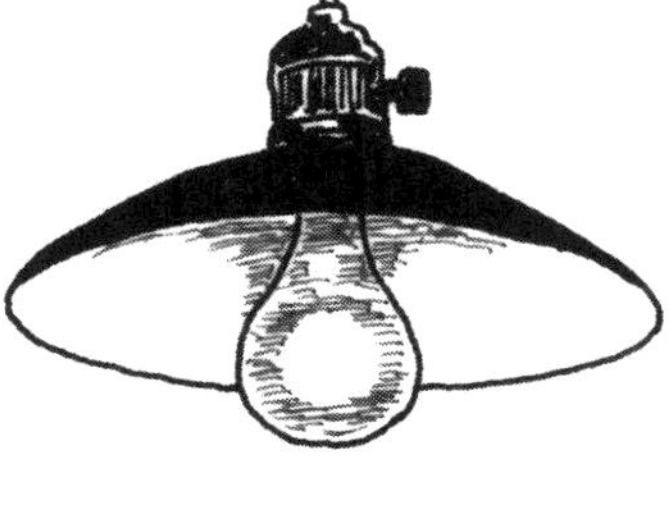

世の中でもっともあやしくてはいけない者は警察官《けいさつかん》だろう。そこを突《つ》いて、テレビの刑事《けいじ》ドラマでは、殺人犯《さつじんはん》が警察官《けいさつかん》だったりすることがある。

「あやしいって、どういうこと?」

わたしが去っていく警察官《けいさつかん》を目で追いながらそう言うと、少女は警察官《けいさつかん》のうしろ姿《すがた》からわたしに目をうつして言った。

「おじさん、好奇心《こうきしん》が強いのね。」

自分でこちらの気を引くようなことを言っておいて、〈おじさん、好奇心《こうきしん》が強いのね〉はないだろう。

わたしは少しむっとし、少女の顔を見た。

「警官《けいかん》があやしいって言われれば、たいていの人は、どういうことか気になる。」

と言ってしまってすぐ、わたしは語尾《ごび》がきつかったことを後悔《こうかい》した。

あいては、小学生か中学生かわからないが、まだおとなではないのだ。わたしは言いわけみたいに、言いたした。

「……んじゃないかな。」

　少女はそれには答えず、

「だけど、ネコは九つの命を持つっていうし……。」

と言ってから、わたしの顔を見あげた。

「どういうふうにあやしいか、見てみたい？」

「あの警官《けいかん》が？」

「あたりまえでしょ。ネコじゃないよ。それとも、おじさん。どこかにネコが見える？」

　ほんとに、なまいきな少女だと、思ったとき、わたしはその少女の美しさに気づいた。

　よく人形のようにきれいというが、そういう美しさなのだ。

　間接《かんせつ》が球体になっていて、首や手足が動く人形があって、子ども用というよりは、おとなの趣味人《しゅみじん》用なのだが、そういう人形の顔のように美しい。

髪《かみ》はショートカットだが、もっと長ければ、高校生くらいに見えたかもしれない。少女のなまいきさはその美しさに起因《きいん》するのかと思いながら、わたしが何か言いかえそうとすると、それより早く少女は、

「ネコも、けっこうあやしいのがいるけど。」

と言ってから、

「いこ!」

とわたしをうながし、歩きだした。

警察官《けいさつかん》を追う気らしい。

警察官《けいさつかん》が去っていくのは住宅地《じゅうたくち》の方角なのだ。

少女についていき、警察官《けいさつかん》に近づいたところで、もし少女が警察官《けいさつかん》のほうにいきなりかけだし、

「おまわりさん。助けて!　へんなおじさんにつきまとわれてるんです!」

などと言ったら、まちがいなくめんどうなことになる。

たとえ事実だとしても、

「あなたのことがあやしいって、この子が言うもんですから、尾行《びこう》してきたんです。」

という言葉に、どれほど信憑性《しんぴょうせい》があるだろうか。

もっとも適切《てきせつ》な行動は、その警察官《けいさつかん》がどうあやしいのか少女にきいて、しかるべきあやしさがあれば、警察《けいさつ》に電話をすることだ。

しかし、少女は歩きだしていたし、わたしはすでに少女のペースにのみこまれていた。

わたしは、

「ちょっと待って。いっしょにいくから。」

と言って、少女を、というより、少女といっしょに警察官《けいさつかん》を追った。

少女はほとんど駆《か》け足《あし》で警察官《けいさつかん》を追い、電柱と電柱の一間隔《かんかく》分ほどに距離《きょり》をつめると、速度を落とした。

わたしは小声で少女にたずねた。

「あの人のどこがあやしいの？」

あの警察官《けいさつかん》と言わず、あの人と言ったのは、ひょっとして声が警察官《けいさつかん》に聞こえてしまうのではないかと思ったからだ。

「すぐにわかるよ。」

少女はそう言うと、いくらか足を速めた。とはいえ、それは駆《か》け足《あし》というほどではなく、朝、駅に向かうサラリーマンの速さくらいだった。

わたしは少女の速さに合わせた。

前をいく警察官《けいさつかん》は、見たところ、そんなに速くは歩いていない。

見たところ、というのは、足の動きだ。

大股《おおまた》で歩いているわけでもなく、歩数が多いわけでもない。

それなのに、少しずつ、わたしたちとの距離《きょり》が広がっていく。

わたしは警察官《けいさつかん》の歩数に合わせてみた。

警察官《けいさつかん》が一歩、二歩と進むのに合わせて、わたしも一歩、二歩と進む。

しかし、それだと、警察官《けいさつかん》はどんどん先にいってしまう。

走ると歩くはどうちがうのか、くわしくは知らないが、わたしは、両方の足の少なくともどちらかが地面についているのを歩くといい、両方とも地面からはなれる瞬間《しゅんかん》があるのを走るというと思っている。

そういう意味では、わたしはまだ歩いていたが、わたしより小さい少女はすでに走りだしていた。

わたしたちと警察官《けいさつかん》の距離《きょり》が電柱の一間隔《かんかく》分くらいにもどった。

じっさいにその道には電柱があるのだ。

進行方向右側に電柱がならんでいる。

警察官《けいさつかん》はゆっくりと歩いているように見える。

距離《きょり》はちぢまるはずなのだ。

でも、そうはならない。距離《きょり》はちぢまらない。

わたしは、大股《おおまた》で、〈歩く〉のわたしの定義《ていぎ》ぎりぎりまで速度をあげた。

しかし、それでも、警察官《けいさつかん》には近よっていかない。

わたしたちと警察官《けいさつかん》は同じ道を歩いているのだ。

空港の通路は、まん中がエスカレーターのようになっていて、そこだとふつうに歩いていても、けっこう早く進める。

たとえていうなら、警察官《けいさつかん》がそういう道を歩いていて、わたしと少女がふつうの道を歩いているというふうなのだ。

しかし、警察官《けいさつかん》が歩いている道は、わたしたちと同じふつうの道だ。

少女が、〈あやしい〉と言ったのは、こういうことだったのか。

ためしにわたしは走ってみた。

少女はとっくに走っている。

いくらか距離《きょり》がちぢまった。

ふりむきもせずに前を歩いていく警察官《けいさつかん》の足はしっかりと地面を踏《ふ》んでいる。地

面から浮《う》いているわけではないのだ。

わたしはいくらか息がきれてきた。

わたしのとなりを走る少女に目をやると、じっと警察官《けいさつかん》のうしろ姿《すがた》を見て走っている。

警察官《けいさつかん》には、なかなか追いつけない。

見たところ歩いている人間と、走っている人間の速度が同じはずはない。奇妙《きみょう》だ。しかし、奇妙《きみょう》なことはもうひとつあった。

わたしと少女は足音をたてていた。それなのに、警察官《けいさつかん》はふりむかないのだ。警察官《けいさつかん》でなくとも、だれかがうしろから走ってくれば、なんだろうとふりむくのがふつうではないだろうか。

その道は一方通行の細い道で、ずっといくと二車線道路との交差点にぶつかる。そこの信号をわたると、さらに道は細くなる。だが、その十字路まではまだだいぶあった。

それからもうひとつ、わたしは奇妙《きみょう》なことに気づいた。

夜とはいえ、日が暮《く》れてから、一時間もたっていない。それなのに、わたしたちが警察官《けいさつかん》を追跡《ついせき》しだしてから、だれともすれちがっていない。前から人がこないのだ。

左右は住宅《じゅうたく》がつづいている。

なんの気なしに見た暖色《だんしょく》のカーテンの窓《まど》から、オレンジ色の光が夜に染《し》みでている。

わたしは走りながら、月を見た。

月は金星とならんでいる。でも、まん中の火星が見えない。

わたしは空から警察官《けいさつかん》に視線《しせん》をうつした。

あいかわらず、警察官《けいさつかん》はふつうに歩いているように見える。

繁華街《はんかがい》からはなれるにつれ、一軒《けん》一軒《けん》の住宅《じゅうたく》が大きくなる。広い庭のあるような家も出てくる。そういう家の中には、塗《ぬ》り塀《べい》のとぎれ目に小さな茅葺《かやぶき》屋根のある裏《うら》門《もん》があったりする。

そういう門の前にきたとき、門の格子《こうし》の引き戸がガラガラと開いた。

思わず目をやったが、だれかが出てくるようすはない。

少女は、まるで息をきらすようすもなく、立ちどまるでもなく、そちらに目をやるでもなく、走りながら言った。

「このうちも、あやしいんだよ。」

「このうちも、あ、あやしいって……。」

息ぎれしながらたずねると、少女はこちらを見もせずに答えた。

「それはまたいつか。」

どれだけ走っただろうか。とっくに信号のある十字路に着いているはずなのに、あいかわらず左右は住宅街《じゅうたくがい》がまっすぐにつづいている。もちろん、小さな十字路はいくつかあった。だが、それは同じように細い一方通行の道が交差する十字路で、信号はない。

とうとう完全に息をきらせ、わたしは立ちどまった。

少女も立ちどまった。

警察官《けいさつかん》はゆっくりと遠ざかっていく。

わたしは両手を両膝《ひざ》について、かがみこむようにして言った。

「たしかにあやしいね。」

「ね。」

と言って、少女がわたしの顔を見る。だが、その表情《ひょうじょう》は、特別に不思議なものを見たというふうではなく、たとえていうなら、自分はあまり興味《きょうみ》がないけれど、友だちとのつきあいでブティックのショーウィンドーを見ているというような目だった。

わたしは手を膝《ひざ》からはなし、背中《せなか》をのばした。そして、小さくなっていく警察官《けいさつかん》のうしろ姿《すがた》に目をやって言った。

「いったい何者なんだ。」

すると、少女も警察官《けいさつかん》のほうに目をやりながら、

「ハクビシンって知ってる?」

と、警察官《けいさつかん》とはまるで関係なさそうなことを言った。

「イタチみたいな動物のこと?」

とわたしが言うと、少女は小さくうなずいた。

「まあ、そう。イタチとはちょっとちがうけど。このあたりに一匹《ぴき》いるのよ。」

そのあたりでハクビシンを見たという話は前にも聞いたことがあった。だれかに飼《か》われていたペットが逃《に》げるか、捨《す》てられるかして、自力で生きているというようなことだった。

走ったあと、いきなり話を変えられたが、息をきらし、冬だというのに汗《あせ》までかいていたわたしは、むっとする余裕《よゆう》もなかった。

わたしは、

「ハクビシンがどうかした?」

とだけ言った。

「ハクビシンって、キツネとかタヌキみたいに、化けるのよ。おじさん、そういう話、好きでしょう。おじさんが書いたそういう本、読んだことがあるよ。」

と言ってから、少女は真顔で言いたした。

「あのおまわりさんは、ハクビシンが化けたの。その証拠《しょうこ》に、足が速かったでしょ。」

わたしはどう答えていいかわからず、じっと少女の顔を見た。

少女はにっと笑って言った。

「うそだよ。ハクビシンが化けたんじゃない。おじさん、どうしたの？　びっくりしたみたいな顔をして。いろんなおばけの話を書いているくせに、おまわりさんに追いつけなかったくらいで、驚《おどろ》かないで。」

「べつに驚《おどろ》いたわけじゃない。」

と言ったが、ほんとうは驚《おどろ》いていた。

少女は言った。

「あのおまわりさんは、ハクビシンじゃないと思うけど、正体はわからない。ときどき、っていうか、たまにかな。この道を通るんだよ。」

それから少女は、

「じゃあ、今夜はここまでってことで。また、いつかね。」

と言いのこし、近くのかどまで走っていくと、そこをまがっていってしまった。

ほんの数秒、わたしは呆《ほう》けたように立っていたが、はっとしてそのかどまでいき、少女が去っていったほうに目をやった。だが、そこに少女の姿《すがた》はなく、こちらにやってくる自転車の明かりが見えた。

わたしは、ふうっとため息をついた。

けっこう遠くまできてしまった。

わたしは道をもどりかけて、すぐに立ちどまった。

そこは、最初に少女に声をかけられた場所ではないか。

目と鼻のさきに繁華街《はんかがい》が見えた。

二　ふたりの女性《じょせい》

出版社《しゅっぱんしゃ》の編集者《へんしゅうしゃ》と打ち合わせをするとき、たいていわたしは近くのデパートの二階にあるティールームを使っている。そこには、透明《とうめい》なティーポットに小さく切ったくだものが入っている、なんとかという名の紅茶《こうちゃ》があり、たいていわたしはそれを注文する。

何度聞いても、その紅茶《こうちゃ》の名前を忘《わす》れてしまい、かといってメニューを見るのもめんどうくさいので、わたしはそれを注文するとき、ウェイトレスに、

「ほら。紅茶《こうちゃ》の中に、ドバドバって、バナナとかリンゴとかオレンジとかの、カットされたくだものが入っているやつ。」

と言う。すると、ウェイトレスはその紅茶《こうちゃ》の名前を言って、ホットかアイスかをきいてくる。

そこで、

「ホットでお願いします。」

と言うことになるのだが、このごろでは、どうやら顔をおぼえられてしまっている

ようで、注文をとりにきたウェイトレスに、

「いつものですね。」

と言われるだけになってしまった。

　わたしは、

「はい。」

と答え、それで、いつものフルーツドバドバホットティーが運ばれてくるのだが、

「はい。」

と答えたあと、いつもわたしは、ウェイトレスがまちがえて、ミルクティーなんか持ってきたら、どうしようと思ってしまう。

　しかし、フルーツドバドバホットティーのかわりに、ミルクティーがきたことは一度もない。ほかの飲み物がきたこともない。

　そのティールームは午後四時くらいまで、こんでいるのだが、卒業式のシーズンはなおさらで、すぐに入れず、よく待たされる。

たいてい編集者《へんしゅうしゃ》はわたしより早くきてるから、わたしが店の前で待つことはなく、

「待ち合わせです。」

と言って、店の中に入っていくと、編集者《へんしゅうしゃ》が立ちあがって、

「こっちです、先生！」

とわたしを呼《よ》ぶのがふつうだ。

ところが、そうでないこともある。

三月の月曜日、その日は、意外にも店はすいており、店の前にならべられたいすにすわって、順番を待っている人はいなかった。

ところが、わたしが入っていくと、約束した編集者《へんしゅうしゃ》の姿《すがた》がない。

わたしは腕時計《うでどけい》を見た。

午後一時五十七分。

約束の時間まであと三分ある。

わたしは奥《おく》のほうの四人掛《が》けの丸テーブルの席についた。

ウェイトレスがきて、

「いらっしゃいませ。」

と言って、コップに入った水をテーブルに置き、わたしの顔を見る。

わたしが、

「ええと……。」

とそこまで言うと、ウェイトレスはいつもの紅茶《こうちゃ》の名前を言う。そして、ホットかアイスかを確《たし》かめることもなく、いってしまう。

やがて、透明《とうめい》なポットに入った紅茶《こうちゃ》と白いティーカップが運ばれてくる。

時計《とけい》を見ると、二時をすぎている。

わたしはスマートホンをポケットから出し、マナーモードにして、テーブルの上に置いた。

もし約束の時間に遅《おく》れるなら、電話がかかってくるはずだ。

ところが、電話はかかってこない。

わたしはポットから紅茶《こうちゃ》をカップにそそぐ。そして、ひと口飲む。

電話はかかってこない。

わたしは編集者《へんしゅうしゃ》に待たされるのはきらいだ。原稿《げんこう》の締《し》め切《き》りはかならず守っている。だから、編集者《へんしゅうしゃ》も約束の時間に遅《おく》れるべきではない。

わたしは、だんだんいらいらしてきた。

腕《うで》を組んで、

「ちっ。」

と小さく舌打《したう》ちなんかしてみる。

時計《とけい》を見ると、二時十分。

そのとき、わたしはだれかに見られているような気がした。

ひょっとして遅《おく》れてきた編集者《へんしゅうしゃ》がわたしを見つけたのかもしれないと思い、入り口のほうに目をやった。

だが、そこには編集者《へんしゅうしゃ》はおらず、そのかわり、このあいだの夜、わたしと奇妙《きみょう》な警察官《けいさつかん》を追跡《ついせき》した少女が立って、こちらのほうを見ていた。着ているものは、このあいだとはちがっている。白いパーカーの上に、茶のライダーズジャケットをはおり、下はダメージジーンズという、あまり子どもっぽくないファッションだった。

少女はわたしと目が合うと、つかつかとこちらにやってきて、

「やっぱり、おじさんか。」

と言い、すすめもしないのに、わたしの前にすわった。そして、わたしの前にあるティーポットを見て言った。

「それ、わたしもたのんでいい？」

「いいよ。」

と答えると、少女は手をふってウェイトレスを呼《よ》び、わたしのティーカップを指さして注文した。

「これと同じものね。」

どことなく口のききかたがなまいきなのは、この前と同じだ。

あのあと、わたしはわたしなりに考えて、ひとつの仮説《かせつ》を立てていた。そこで、それを少女に言おうと、

「このあいだのおまわりさんだけど……。」

とそこまで言ったのだが、少女はわたしの話を聞いていないようなのだ。

わたしが話をとぎらせたことにも気づかないようすで、となりの席を見ている。

今まで気にしていなかったが、そこには三十歳《さい》になったかならないかというくらいの女性《じょせい》と、その女性《じょせい》と向かい合って、いくらか年上に見える女性《じょせい》がすわっていた。

若《わか》いほうの女性《じょせい》は、グレーの細身のパンツスーツに白いブラウスという、ちょっと見は地味なかっこうをしていたが、スーツもブラウスもブランドものだとすぐにわかった。ショートカットの髪《かみ》からのぞく耳に、オレンジ色の石のピアス。

年上のほうは、だいぶ流行遅《りゅうこうおく》れの、なんだかやぼったい花柄《はながら》のワンピースを着ていた。

年上の女性《じょせい》の言葉がわたしの耳に入ってきた。

「そんなことだから、いつもあなたはだめなのよ。」

しかし、若《わか》いほうの女性《じょせい》がそれを聞いていないのは明らかだった。だまって、テーブルの上に開いたファッション雑誌《ざっし》を見ている。

「相模原《さがみはら》のおじさまがいらしたときもそうだったでしょ。四時までに帰ってきてって、あんなに念をおしたのに、あなた、帰ってきたの、五時すぎてた。」

若《わか》いほうの女性《じょせい》が聞いていないのに、年上の女性《じょせい》が言いつのる。

「それで、あのときの言いわけが、のらネコをかまっていたら、遅《おそ》くなったって？　じゃあ、相模原《さがみはら》のおじさまはのらネコ以下ってこと？」

〈相模原《さがみはら》のおじさま〉というのは、ふたりの共通の親戚《しんせき》なのだろう。だとすると、ふたりは姉妹か、いとこどうしか、そんなところだろう。

「あなたのせいで、わたしは何度いやな思いをさせられたか、わからない。劇《げき》の発表会のときだって、前の日に、ちゃんとせりふおぼえたのってきいたら、あなた、だいじょうぶって言ったよね。それで、本番はどうだった？　ぜんぜんだめだったじゃないの。」

劇《げき》の発表会とはどういうことだろうか。若《わか》いほうの女性《じょせい》が何かの劇《げき》に出たのだが、せりふをうまく言えなかったということだろう。そのことについて、年上のほうがもんくを言っているのだ。

三十歳《さい》くらいの女性《じょせい》が出演《しゅつえん》する劇《げき》の発表会とはどういうものだろうか。発表会というのだから、職業的《しょくぎょうてき》な演劇《えんげき》ではなく、しろうと演劇《えんげき》なのだろう。

わたしの編集者《へんしゅうしゃ》の中のひとりに、若《わか》いとき演劇《えんげき》をやっていた男がいて、その編集《へんしゅう》者《しゃ》はよくそのころの話をするが、発表会という言葉は使わない。

劇《げき》の発表会の次は試験の話だった。

「受験のときだって、そうじゃない。担任《たんにん》の先生は国立でだいじょうぶだって言ってくれたのに、あなた、私立《しりつ》しか受けなかったよね。それって……。」

年上の女性《じょせい》がそこまで言ったとき、ウェイトレスがきて、

「お待たせしました。」

と言って、ティーカップを少女の前に置き、ポットから紅茶《こうちゃ》をそそいだ。

わたしのときは、そんなことはしてくれないのに、少女にはずいぶんサービスがいいな……、とひがみっぽい気持ちになったところで、思い出した。

前に何度か、ウェイトレスがそうしてくれようとしたとき、わたしは、

「自分でするからいいです。」

と言い、いつのころか、ウェイトレスは紅茶《こうちゃ》をそそがず、ポットとカップをわたしの前に置いていくだけになっていたのだ。

ウェイトレスがいってしまうと、年上の女性《じょせい》の話はだれかの結婚式《けっこんしき》のことになっていた。

「カナミさんの披露宴《ひろうえん》のときもそう。あなた……。」

あいかわらず、若《わか》いほうの女性《じょせい》はまるで話を聞いていないようだった。雑誌《ざっし》のページをゆっくりとめくっている。

その姿《すがた》を見て、わたしはその女性《じょせい》のしぐさに違和感《いわかん》を持った。

どこかへんなのだ。

でも、どこが？

その女性《じょせい》が次にページをめくったときに、その理由がわかった。

ページをめくっても、その女性《じょせい》は雑誌《ざっし》の一点を見つめているように、目が動かない。つまり、その女性《じょせい》は雑誌《ざっし》を読んでもいないし、写真を目で追うことすらしていないのだ。

やはり、年上の女性《じょせい》のもんくを聞いているのだ。聞いていないふりをして、聞いているのだ、とわたしは思った。

若《わか》いほうの女性《じょせい》は年上の女性《じょせい》のもんくをじっとがまんして聞いているのだ。

どんな事情《じじょう》か知らないが、年上の女性《じょせい》があれこれ苦情《くじょう》をのべたてていることは、そんなにたいしたことではない。

わたしは若《わか》いほうの女性《じょせい》が気の毒になってきて、話を聞くのをやめることにした。

それに、わたしには少女に言うことがあったのだ。

「そうそう。」

とわたしは話をきりだした。

「このあいだのあやしいおまわりさんだけど、あのときの感じって、なんていうか、キツネとかタヌキに化かされてるような、そんな感じだったよね。それで、思ったんだけど、あやしいのはあのおまわりさんじゃなくて、きみじゃないのかな。」

するると、少女はあっけにとられたようにわたしの顔をじっと見てから言った。

「それって、わたしがキツネとかタヌキとかってこと？」

「そういう可能性《かのうせい》もあるんじゃないかな。」

「それじゃあ、きくけど、あのとき、おじさん、油揚《あぶらあ》げとか持ってた？」

「持ってなかったけど。」

「じゃあ、おじさんを化かしたのがわたしだとしても、キツネじゃないよね。だって、キツネは油揚《あぶらあ》げを持っている人をだますんだから。」

「そんなことはないだろう。油揚《あぶらあ》げを持っていなくても、化かされることはあるんじゃないか。」

わたしはそう言ったが、少女はわたしの反論《はんろん》を無視《むし》して言った。

「キツネじゃなければ、タヌキってことになるけど、わたし、目のまわりが黒くなってる？」

わたしは少女の目を見て、答えた。

「そうはなっていないけど。」

「じゃあ、タヌキじゃないよね。たぬきは人間の姿《すがた》になっても、目のまわりがパンダみたいに黒いのよ。」

少女は笑ってそう言っているのではない。真顔で言っているのだ。

少女はさらに言った。

「キツネとタヌキじゃないとすれば、何？　ハクビシン？　ハクビシンが人に化けるなんて、そんなの聞いたことある？」

「それはないかもしれない。」

「ほら。それでも、ほんとうはキツネとかタヌキとか、そのほか、なんでもいいけど、動物が人間に化けてるっていうなら、お店の人を呼《よ》んで、『ほら、ここに、動物が人間に化けて、まぎれこんでいますよ。』って言ってみたら？　そうしたら、どう思われるかしら。お店の人、ああ、この人、キツネやタヌキが化けるのはふつうのことだと思ってるんだ、だったら、ネコは字を書くし、シロクマはしゃべるし、ペンギンはカヌーや飛行船に乗って、世界中を団体《だんたい》で旅行するって、本気でそう思ってるかもしれないって、そう思われちゃうよ。」

わたしは、この子はわたしの本をけっこう読んでいると思った。

わたしは自尊心《じそんしん》をくすぐられたようで、それなら、少女がキツネかタヌキであったとしても、いいかという気になってきた。

わたしがだまっていると、少女が言った。

「おじさん。」

「何？」

「書くもの、持ってる?」

「ボールペンならあるけど、ナイフに変えちゃうとかするのかな。」

この少女なら、木の葉を小判《こばん》に変えることくらいはするかもしれない。

まさかが九割《わり》、ひょっとしてが一割《わり》で、わたしはそう思った。

わたしが上着の内ポケットからボールペンを出して、それを少女にわたすと、少女は言った。

「それもいいかも。ペンが剣《けん》より強いとはかぎらないしなあ。」

わたしはどうして剣《けん》が出てくるのか、すぐにわからなかった。それで、

「剣《けん》って……。」

と言ったところで、気づいた。

「あ、そういうことか。ペンは剣《けん》よりも強しっていうこと?」

少女はあきれたように、

「なんだ、そういう意味で言ったんじゃないのか。さすがに作家だなって思ってあ

げて損《そん》した。」

とそう言うと、わたしのボールペンを使い、テーブルにあった紙ナプキンに、何か書きつけた。そして、書きおえると、少女は紙ナプキンを読みやすいように、わたしのほうにむけたが、そんなことをしなくても、書いているあいだに、わたしはそれを読んでいた。

〈これからが、ほんとうに言いたいことだよ。〉

「え？」

と少女の顔を見ると、少女は横目で年上の女を見た。

そのとき、何か違和感《いわかん》があった。

年上の女性《じょせい》がさっきよりいくらか老《ふ》けたように思えたのだ。それだけではない。たしか花柄《はながら》のワンピースを着ていたはずなのに、水色のカットソーに紺《こん》のスカートに変わっている。

若《わか》いほうの女性《じょせい》の服はさっきと同じままだった。

これからが、ほんとうに言いたいことって、なんだろう。それも気になったが、年上の女性《じょせい》の服が変わったことのほうが奇妙《きみょう》だった。

そこでわたしは少女の手からボールペンを取り、紙ナプキンに書いた。

〈となりの女の人。さっきと、着ている服がちがわないか?〉

少女は紙ナプキンに書いて答えるかわりに、口で言った。

「さっきから三度目よ。最初は花柄《はながら》ワンピだったよね。」

「さっきから三度目って……。」

とつぶやいたとき、年上の女性《じょせい》が言った。

「あなた、結婚《けっこん》したら、うちによりつかないし。ひとりのほうが気が楽だとか言って。それって、いやがらせ?」

わたしはその言葉の意味がのみこめなかった。

結婚《けっこん》したら、うちによりつかず、ひとりのほうが気が楽って……。

意味が通らない。

少女がつぶやいた。

「ここじゃないよ。この次かな。」

わたしは少女が言ってることもわからなかった。

「あなた、わたしの結婚《けっこん》には反対しなかったくせに、カズナリさんのこと、お父さんって言わずに、キタウラさんって呼《よ》んでたよね、ずっと。」

そう言って、年上の女性《じょせい》が若《わか》いほうの女性《じょせい》をにらみつけたとき、少女は、

「出ました！　それです！　言いたいことはそこですよ。」

と言った。

年上の女性《じょせい》が若《わか》いほうの女性《じょせい》に、問いつめるように言った。

「あなた。母親に恥《はじ》かかせて、娘《むすめ》として、それ、どうなの！」

少女がいかにもおもしろそうに笑いだした。

若《わか》いほうの女性《じょせい》が少女を見た。

少女は笑うのをやめ、女性《じょせい》の顔を見かえした。そして言った。

「だまってないで、言いかえしてやったら？　あいつは、おまえの男だったかもしれないけど、わたしの父親じゃない。父親じゃないやつをお父さんなんて呼《よ》べるわけないだろって。」

若《わか》いほうの女があっけにとられたような顔で少女を見ている。

そのとき、男がひとり、うしろからその女性《じょせい》に近よっていき、肩《かた》にさわった。

スーツを着て、年はその女性《じょせい》と同じくらいに見える。

びくりと身体《からだ》をふるわせ、女性《じょせい》がふりむいた。

男が言った。

「ごめん、待たせちゃって。遅《おく》れるって、メールしたんだけど。」

「メール？　気づかなかった。すぐいく？」

「いや。喉《のど》かわいたし、コーヒー一杯《ぱい》飲んでいく。まだ、映画《えいが》には時間あるし。」

男はそう言って、女性《じょせい》のとなりに腰《こし》をおろした。そして、女性《じょせい》の顔をのぞきこむようにして言った。

「待っているあいだに、また、いやなこと思い出していた？　右の眉《まゆ》があがってるよ。いやなこと考えているときは、いつもそうだから、わかるよ。遅《おく》れて、ごめんね。」

「いいのよ。そのうち思い出さなくなるから、だいじょうぶ。来月はもう三回忌《さんかいき》だし。」

「五月には結婚式《けっこんしき》だしね。結婚《けっこん》したら、いやなことを思い出すのも少なくなるかもしれない。」

「そうよね。」

と言って、女性《じょせい》がほほえんだ。

ウェイトレスが男の注文をとりにきた。

そのときになって、わたしは気づいた。

さっきまで女性《じょせい》の前にすわっていた年上の女性《じょせい》がいない。

わたしは少女の顔を見た。

アメリカやヨーロッパの人、というよりアングロサクソンが当惑《とうわく》したときにするように、少女がてのひらを上にして、肩《かた》をすくめた。

注文したコーヒーを飲んでしまい、男が席を立つと、女性《じょせい》も立った。そして、ふたりならんで、レジのほうに歩いていった。

ふたりがいなくなってから、わたしは少女に言った。

「どういうことだ。」

少女がききかえしてきた。

「どういうことだと思う？」

「わからない。」

「うそ。わかってるくせに。」

「わかってはいないけど、年上の女の人は、もうひとりの女性《じょせい》の母親で、たぶんもう亡《な》くなっているんだけど、その前に再婚《さいこん》していて、再婚《さいこん》相手の人と娘《むすめ》がうまくいかなかったみたいな？」

「まあ、そんな感じかも。」

「じゃあ、いなくなっちゃった人は幽霊《ゆうれい》ってことになるよね。さっきの人、目の前の幽霊《ゆうれい》に気づいていたのかな。」

「さあ、どうかな。幽霊《ゆうれい》かどうかもわからないし、気づいていたって言えるかどうかもわからない。」

「それ、どういうこと？」

「あの人、母親にいやなことを言われたときのことを思い出していただけかも。」

「そんなことはないでしょ。思い出しただけで、幽霊《ゆうれい》みたいなのが出てくるかな。」

「出てきたかどうかも、わからないよ。あの女の人が思い出していたことがおじさんに見えたり、聞こえたりしただけってこともあるしね。」

「でも、きみにも、見えたり、聞こえたりしただろ？」

「そうね。じゃあ、言いなおすよ。おじさんとわたしにだけ、見えたり聞こえたりしただけってこともあるしね。」

「そんな……。」

「そんなだよ、こういうことは。」

少女はそう言うと、立ちあがった。

「じゃあ、おじさん。ごちそうさまでした。またね。」

「え？　いくの？」

「うん。だって、おじさんに用がある人がきたみたいだし。」

少女がそう言って、レジのほうを見た。

会うはずになっている編集者《へんしゅうしゃ》が入り口近くでキョロキョロと店の中を見ている。

「じゃ、バイバイ、おじさん。」

と言って去っていく少女がレジを通りすぎたとき、編集者《へんしゅうしゃ》がわたしに気づいた。

小走りにわたしのテーブルにやってきた編集者《へんしゅうしゃ》は、

「すみません。会社出るとき、編集長《へんしゅうちょう》に呼《よ》びとめられちゃって。」

と言いながら、少女が飲んでいた紅茶《こうちゃ》のカップに目をやった。

わたしは、

「それなら、会社に電話して、きみが出るとき、ほんとうに編集長《へんしゅうちょう》がきみを呼《よ》びとめたかどうか、きいてみようか。」

ときくかわりに、

「きみが遅《おそ》いから、二杯《はい》飲んだんだ。」

と言った。

「すみません、ほんと。遅《おく》れちゃって。」

と言いながら、編集者《へんしゅうしゃ》は少女がすわっていたいすに腰《こし》をおろした。そして、上着のポケットからハンカチを出し、

「走ったら、汗《あせ》かいちゃって。」

と言いながら、額《ひたい》の汗《あせ》をぬぐった。

三　オープンルーム

街を歩いていると、マンションの玄関口《げんかんぐち》に、〈オープンルーム〉という看板《かんばん》が出ていることがある。マンションの一室が売りに出ているということだ。

看板《かんばん》には、部屋《へや》の番号や価格《かかく》が書かれ、室内の見取り図ものっている。

デパートのティールームで少女に会ってから一週間ほどした火曜日、午前十時ころ、散歩のとちゅう、そういう看板《かんばん》の出ているマンションの玄関前《げんかんまえ》で、わたしはその少女を見た。

水色のカーディガンにふつうのブルージーンズという、ごくふつうの女の子のかっこうというか、子どもっぽいかっこうで、少女はマンションのエントランスを見ていた。

近づいて声をかけようと、少女のほうに歩いていくと、少女がこちらを見た。

こちらを向くと、カーディガンの下が白いシャツだということがわかった。襟《えり》の先がまるくて、子どもっぽい。

「あ、おじさん。」

逆《ぎゃく》に声をかけられ、わたしは、

「やあ。」

と言って、軽く手をあげた。

すぐ近くによって、

「こんなところで、何してるの？　学校は？」

とたずねると、少女は、

「質問《しつもん》はひとつずつにして。」

と言ってから、あとのほうの問いに答えた。

「学校は春休みよ。」

このあたりの公立小学校の春休みは三月二十五日からのはずだ。

「そんなこと言って、ほんとうは、学校さぼってるんじゃないか。春休みはまだなんじゃないかな。」

わたしがそう言うと、少女はあきれたように、小さなため息をひとつついてから言った。

「おじさん。女の人とつきあったことある？」

わたしは、その少女が質問《しつもん》に対してふつうに答えないことに、だんだんなれてきていた。しかし、その問いの唐突《とうとつ》さには、いくらかひるんだ。

「そりゃあ、あるけど。この年なんだから……。」

わたしがそう答えると、少女の追撃《ついげき》がはじまった。

「年なんか関係ないでしょ。一生、彼女《かのじょ》を持てなかった男だっているんだし。」

「そりゃあ、そうかもしれないけど。」

「それに、女の人とつきあったことがあるかってきいたのは、恋愛経験《れんあいけいけん》があるかどうかをきいたんじゃないよ。」

「じゃあ、何をきいたんだ？」

「きいたんじゃない。何、その、春休みはまだなんじゃないかなっていう言い草。それって、じゃないかなっていう疑問形《ぎもんけい》だけど、ほんとうは、春休みはまだのはずなのに、学校にいってないのはおかしいっていうだけじゃなくて、そのことについての非難《ひなん》をふくんでいる言葉だよね。」

着ているものの子どもっぽさに、こちらがつい油断《ゆだん》したのかもしれない。

少女はふつうの少女ではないのだ。

「いや、そんなつもりじゃ……。」

しどろもどろになりかけたわたしに、少女は言った。

「それに、世の中には私立《しりつ》の学校にかよっている子だっているんだし、私立《しりつ》だと、春休みが早いところもあるのを知らないの？」

「それって、きみが私立《しりつ》にいっているってこと？」

言ってしまってから、質問《しつもん》のまずさに気づいた。

少女は、

「ったく……。」

とつぶやいてから言った。

「自分でも、言ってすぐに気づいたと思うけど、世の中には私立《しりつ》の学校があるからって、わたしが私立《しりつ》にいっているってことにはならないでしょ。」

「まあ、そうだけど。」

「わたしがおじさんに、女の人とつきあったことがあるかってきいたのは、わたしが学校をさぼっているんじゃないかとか、春休みはまだなんじゃないかとか、そういう質問《しつもん》が不適切《ふてきせつ》だっていうことを言いたかっただけ。」

何か言うと、またつっこまれそうなので、わたしがだまっていると、少女はまくしたてるように、

「おじさんは、わたしが学校をさぼって、こんなところでうろうろしていると思ったのよね。思うのは自由だから、それはいいよ。でも、女の子っていうか、女がうそをついていると思ったからって、すぐそれを指摘《してき》していいの？　そんなことじゃ、まともな女の人とはつきあえないよ。まともな女はかならずうそをつく。それはそういう必要があるからよ。それについて、いちいちあれこれ言ってたら、うまくい

かなくなるからね。いい年してるっていうなら、それくらいわかるでしょ。」

と言ってから、ちょっと間《ま》をおき、あたりまえのようにこう言った。

「学校なんて、いきたいときにいけばいいのよ。」

じつは、わたしもずっとそう思っていたから、反論《はんろん》できない。かといって、あいては子どもなのだ。

「そのとおり！」

とも肯定《こうてい》できない。

もう、だまっているしかない。

「まあ、いいよ。そんなことより、おもしろいこと、あるんだ。」

少女はそう言うと、マンションのエントランスに目をやった。

観音開《かんのんびら》きのドアにはまっているガラスは透明《とうめい》で、中の通路が見える。

「ほら、きた。」

少女がそう言うのと同時に、通路に人影《ひとかげ》が見えた。

「ちょっと、はなれよっか。」

少女が狭《せま》い道路を反対側にわたった。

わたしも少女のあとから、道を横ぎり、ふりむいてマンションのエントランスを見た。

ドアが開くと、スーツ姿《すがた》の男と、茶色くて腰《こし》まである、いかにも年寄《としよ》りっぽい太糸で編《あ》まれたカーディガンをはおった老人が出てきた。六十代には見えない。七十代、いや、ひょっとすると八十を超《こ》えているかもしれない。

ドアから出てくるなり、老人が言った。

「なかなかいい部屋《へや》だったじゃないか。」

声には張《は》りがある。

スーツ姿《すがた》の男が答えた。

「わたしも、ここはおすすめできると思います。」

「値段《ねだん》もそんなには高くないしなあ。」

「そうですね。それに、売り主さんにお願いすれば、もう少し価格《かかく》をさげてもらえるかと思います。」

「そうかもしれないが、せいぜい端数《はすう》だろ。六十万まけてもらって、四千六百万ちょうどってとこだな。」

「ええ、まあ、それくらいかもしれません。」

スーツの男は中古マンションの仲介業者《ちゅうかいぎょうしゃ》で、老人は客だろう。売りに出ているマンションを見にきたのだ。

「買ってもそのまま住むのは無理だな。壁紙《かべがみ》や水まわりを全部かえると、いくらくらいかかるだろうな。」

「そうですね。」

と言ってから、スーツの男はちらりと腕時計《うでどけい》を見た。そして、言った。

「それじゃあ、そういうこともふくめて、そのあたりでコーヒーでも飲みながら、お話しさせていただくというのはどうでしょう。」

「そうだな。」

と老人が答えたところで、スーツ姿《すがた》の男が、

「じゃあ。」

と歩きだした。

老人も歩きだす。

ふたりが五、六歩いったところで、少女が小声で言った。

「おじさん。わたしにお茶とケーキをごちそうしてくれる気がある？　あれば、おもしろいもの、見せてあげる。」

その言いかたはとても子どもの言葉とは思えなかった。なまめかしいというか、なんというか……。

「いいけど。」

とわたしが答えると、少女はふたりのあとをついていった。

わたしは少女とならんで歩き、

「このあいだみたいに、あのふたりの足がどんどん速くなるとか、そういうのかな？」

ときいてみた。

「そんな、前と同じじゃ、つまらないでしょ。でも、今度はあのときみたいにスリリングじゃないかもしれない。だけど、そのぶん、息ぎれもしないっていう利点があるかな。」

少女は前を見たまま、そう言った。

そこから百メートルもはなれていない十字路を右にまがったところに、ケーキがおいしいカフェがある。スーツの男と老人はその店に入った。

少女はそれをたしかめると、小さくうなずいた。

「ちょっと待ってから、入ったほうがいいから、近くの店をのぞいてこようよ。」

少女は歩きながらそう言って、カフェの前を通りすぎた。

つごうのいいことに、その先に輸入《ゆにゅう》ブランドの子ども服を売る店がある。そこにいく気だと思ったら、案の定そうだった。

店に入ると、少女はハンガーにかかったワンピースの列をあれこれ物色しはじめた。

手もちぶさたに、わたしがなんとなく少女を見ていると、中年の女性《じょせい》店員が近くによってきて、わたしに声をかけてきた。

「お嬢様《じょうさま》ですか？　かわいいっていうか、きれいですね。」

どう答えていいか、わたしがとまどっていると、少女がワンピースを一着はずし、こちらを見て言った。

「パパ。これ、どう？」

少女がワンピースを身体《からだ》にあてた。

それはピンクのノースリーブのワンピースだった。

店員が、

「あら、よく似合《にあ》う。」

と声をあげたが、まるでわざとらしくない。じっさい、それはその子によく似合《にあ》った。

少女はそれをもとの場所にもどすと、ひとりごとのように、

「でも、もうちょっと考えよっと。」

と言い、それから、店員に、

「今は時間がないから、またきます。」

と言って、先に店を出ていった。

「どうも……。」

と、何が〈どうも〉なのかわからないが、そう言って店を出るわたしに、店員がうしろから声をかけてくる。

「ありがとうございました。また、お待ちしています。」

店から少しはなれたところで、わたしは少女に言った。

「パパって、きみ……。」

「じゃあ、なんて言えばよかった？　パパって言っておけば、問題ないじゃない。」

あたりまえのようにそう言って、少女はカフェのほうに歩いていく。

「そりゃあ、そうかもしれないけど……。」

わたしがそう言うと、少女は、

「だいじょうぶだよ。親子に見えるから。」

と言い、いきなりわたしと手をつないだ。

「こうしたほうが、もっと親子に見えるかも。」

そう言って、どんどんカフェのほうに歩いていく。

カフェの前までいくと、少女はわたしから手をはなし、階段《かいだん》を数段《すうだん》あがって、店の木枠《きわく》のガラス戸を押《お》し開けた。何度もいったことがあるから、知っている。その店のドアは自動ドアではないのだ。

少女につづいて入ると、入り口近くの四人がけの席に、スーツの男と老人がむかいあって話していた。

その席を背《せ》にして、カウンター席がある。

少女はそこにすわった。

わたしはとなりにすわった。

平日の午前中で、店はすいていた。

ウェイトレスが注文をとりにくるより早く、少女がカウンターの中にいた男の店員に言った。

「わたし、ブルーベリータルト。それから、アールグレイをホットのストレートで。」

「はい。」

と答えて、店員がわたしの顔を見る。

「じゃ、ブレンドで。」

と言うと、店員は小さくうなずいた。

「かしこまりました。」

ウェイトレスが水を持ってきたところで、少女はわたしに言った。

「さっきのワンピース、どうだった？」

わたしは思ったとおりのことを答えた。

「よく似合《にあ》うみたいだったけど。」

正直に言うと、もし、その少女がそれを買ってくれと言ったら、わたしは買ったかもしれない。だが、少女は、買ってくれとは言わず、別の話をしだした。

「ねえ、『ハムレット』、読んだことある？　シェイクスピアの。」

あまりに唐突《とうとつ》な質問《しつもん》だった。

だが、唐突《とうとつ》さがこの少女の特質《とくしつ》なのだ。

「あるけど……。」

わたしが答えると、少女は言った。

「わたし、本は読んだことないけど、このあいだ、お芝居《しばい》見たんだよね。」

少女が、

「おもしろいもの、見せてあげる。」

と言った、そのおもしろいものというのは、スーツの男と老人がらみのことのはずだ。わたしはシェイクスピアより、ふたりの会話が気になった。

「ふうん。そう……。」

と言いながら、わたしは耳をそばだてた。

「あそこ、電気は何アンペアまでだいじょうぶかな。」

「六十だと思いますが、あとでしらべてお知らせします。」

「窓《まど》は二重サッシュだったよね。」

「リビングと寝室《しんしつ》はそうですけど、ほかはちがいます。」

ふたりはそんなことを話している。中古マンションをさがしている客と仲介《ちゅうかい》業者の話としては、ごくふつうの会話で、とくに変わったことはない。

少女が小さな声で、

「聞き耳頭巾《ずきん》をしてても、たいした話はしないよ、たぶん。」

と言ってから、声をもとにもどして言いたした。

「わたし、おかしいと思うんだ。」

声の大きさが変わったから、〈たいした話はしない〉と〈おかしいと思う〉は別の話題なのだろう。〈たいした話はしない〉というのは老人とスーツの男のことだろうが、〈おかしいと思う〉は？

そう思ったところで、少女が言った。

「『ハムレット』だよ。殺されちゃう王様。どうして息子《むすこ》にかたき討《う》ちをしてくれってたのんだのかな。そんなこと言わなきゃ、息子《むすこ》は大臣の娘《むすめ》と結婚《けっこん》して、いつか王様になったと思うんだよね。」

「ああ、それか。それはわたしもそう思うよ。だいたい、殺された王っていうのは無用心すぎるんだよ。」

つい、わたしは少女の話に乗ってしまい、背後《はいご》の会話を聞きそびれた。そこで、また耳をそばだてる、すると、少女が『ハムレット』の話をする、そして、そのあいだに注文の品がきて、わたしはコーヒーを飲み、少女はブルーベリータルトを食べ、紅茶《こうちゃ》を飲む。

少女のタルトの食べ方と紅茶《こうちゃ》の飲み方は、外国映画《えいが》に出てくる上流階級の娘《むすめ》のようだった。

つい感心して見てしまう。

老人とスーツの男のあいだでは、結局、おもしろいことは起こらなかった。

スーツ姿《すがた》の男が、

「ところで、お支払《しはらい》のほうは……。」

と言い、老人が、

「むろん、現金《げんきん》だよ。この年じゃあ、ローンもくめまい。あさってまでに返事をする。部屋《へや》を見ているときにも言ったが、今住んでいる家はいずれ売って、引《ひ》っ越《こ》すつもりだが、家を売らなくたって、それくらいの金はある。」

と答えたところで、ふたりの話は終わった。

ふたりが店を出ていくと、少女は立ちあがった。

わたしがレジで勘定《かんじょう》をはらっているあいだ、少女は外で待っていた。

店の外に出ると、老人が右のほうへ、スーツの男が左のほうに去っていくのが見えた。

「じゃ、いこうか。けっこう歩くよ。」

と言って、少女は老人がいったほうの道を選んだ。

少女が言ったとおり、そこから三十分は歩いただろうか。

JRの駅にすると、ひと駅分は歩いただろう。

街の雰囲気《ふんいき》がだいぶちがってくる。

二階建ての木造《もくぞう》アパートがちらほらと見えはじめる。

そういうアパートの中には、建ってから五十年くらいたっているのではないかというような古いものもある。

そういう古いアパートの鉄の外階段《そとかいだん》を老人はのぼりはじめた。

こういうことを思うのは偏見《へんけん》なのだろうが、そこは四千数百万円のものを現金《げんきん》で

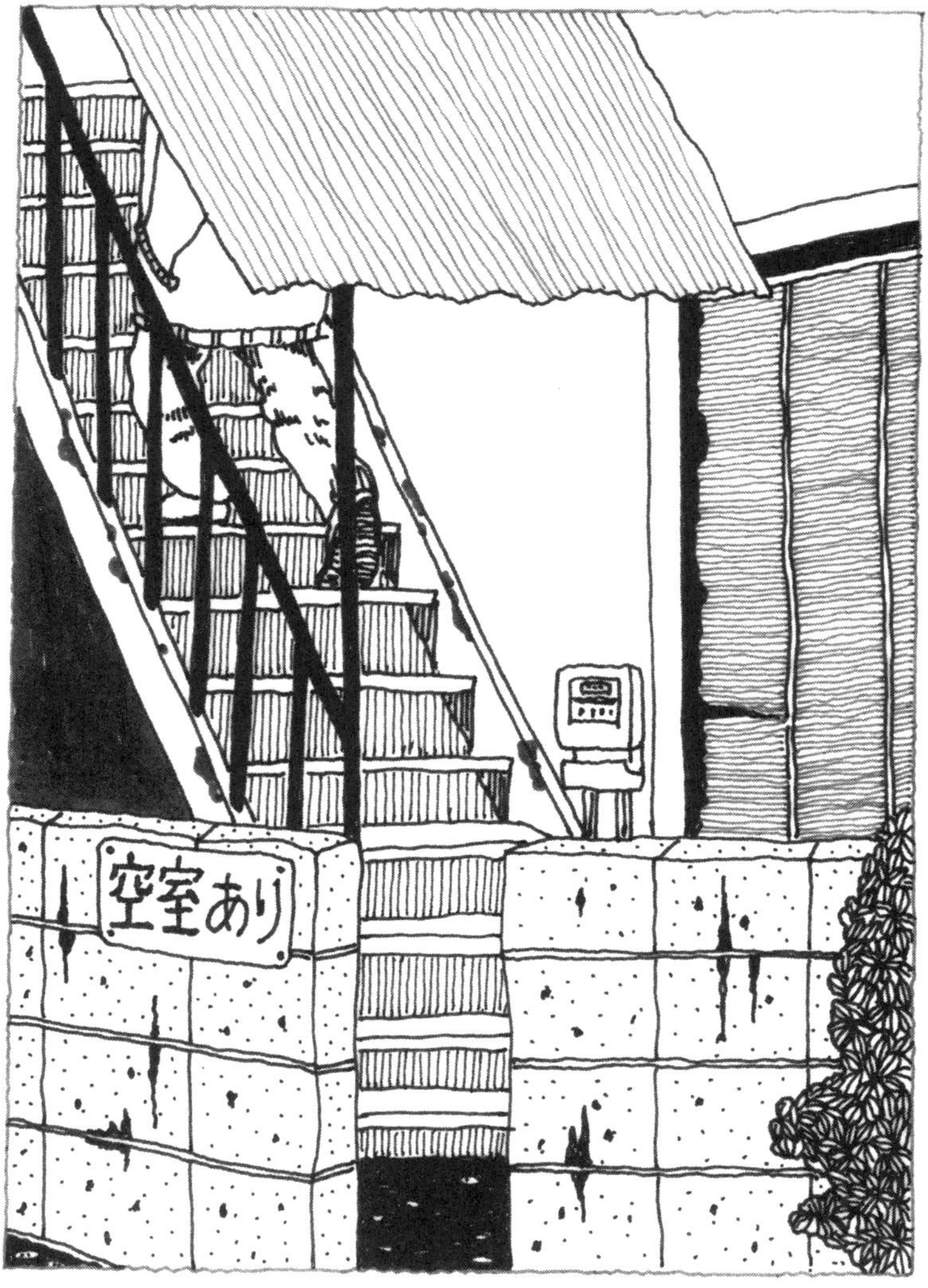
空室あり

買う人間が住むような場所ではない。

老人は階段《かいだん》をあがりきり、通路をいちばん奥《おく》までいくと、ドアを開けて一室に入っていった。

「あそこがあの人のうちなのかな。」

わたしがそう言うと、少女は、

「それ、イズ？　ウォズ？」

と、またわけのわからないことを言って、階段《かいだん》をのぼりはじめた。

「ちょっと、どうする気なんだ？」

と言いながらも、わたしは少女のあとについて、階段《かいだん》をのぼった。

老人が入っていった部屋《へや》の前までいくと、少女はドアの横にあるオレンジ色のポストを開けた。

「ちょっと待ちなさい。」

とわたしが言ったときにはもう、少女はポストから鍵《かぎ》を取りだしていた。

「いいんだよ。ここだって、オープンルームなんだから。」

「オープンルームって……。」

わたしがそう言っているあいだに、少女はもう鍵《かぎ》でドアを開けていた。

老人が出てきて、

「あんたたち、いったいなんだ。」

なんて言われたら、どう答えればいいのだ。

とっさに、わたしは、言いわけを考えた。

「まちがえました。すみません。」

そう言うしかないだろう。

ドアを開けてしまうと、少女は一歩しりぞいた。

中を見てみろということだろう。

「こんにちは……。」

と言いながら、わたしは部屋《へや》の中を見た。

六畳《じょう》の畳《たたみ》の部屋《へや》だった。玄関《げんかん》のわきに流しがある。

だが、家具はなく、奥《おく》に見える窓《まど》には、カーテンもかかっていない。

トイレのドアは開いている。風呂《ふろ》はないようだ。押《お》し入《い》れのふすまは取りはずされ、壁《かべ》に立てかけられている。

老人の姿《すがた》はない。

「こんにちは。」

わたしはもう一度声をかけたが、返事はない。

そこは空き室なのだ。

もし、ここが老人の住まいだとすると、今住んでいる家を売らなくても、四千何百万円もの金を持っている人間の住まいとはイメージがだいぶちがう。

少女が言った。

「この部屋《へや》、家賃《やちん》、三万八千円なんだよ。それでも、借り手がなくて、もう一年以上空いてるんだ。だれかが不動産屋さんにいって、この部屋《へや》を見たいって言えば、鍵《かぎ》がポストに入っているから、ご自由にどうぞって、そういうランクだよ。」

「つまり、あの年寄《としよ》りは、ここに住んでないって、そういうこと？　だったら、このアパートの持ち主なのか。」

わたしは、自分でもそうでないと思いつつ、そう言ってみた。

「まあ、そういう可能性《かのうせい》だって、否定《ひてい》はできないかもしれない。でも、このアパートのオーナーがどうして、部屋《へや》に入ったきり、消えちゃうのよ。」

少女の〈消えちゃうのよ〉という言葉が合図だったかのように、わたしの背中《せなか》に冷たいものが走った。

わたしが部屋《へや》から出ると、少女はドアを閉《し》め、鍵《かぎ》をかけた。そして、鍵《かぎ》をポストに入れ、通路をもどっていった。

階段《かいだん》をおりきって、もと来た道をもどりはじめたときになって、わたしは少女が、

「それ、イズ？　ウォズ？」

と言ったことの意味がわかった。

「それ、今のこと？　前のこと？」

ときいたのだ。

つまり、今はそうではないが、前はそうだった。要するに、あの老人は以前その部屋《へや》に住んでいたが、今はもういないということなのだ。

歩きながら、少女が言った。

「あのおじいさん、たぶん、生きているときも、きょうみたいなことをしていたんだと思う。」

わたしはなんとなく、となりを歩く少女の足元を見て、たずねた。

「きょうみたいなこと？」

少女はブランドものの白いスニーカーをはいていた。

「そう。ああやって、マンション会社の人と会って、コーヒーおごってもらって、話をするとかね。買う気もないし、買えるお金もないのに。」

「だけど、しょっちゅうそういうことをしていれば、仲介業者《ちゅうかい》だって、そのうち、あいてにしなくなるんじゃないか。」

「おじさん。この世の中で、売ってるマンションは中古ばっかりじゃないよ。」

少女は、〈この世で〉と言ったのではない。〈この世の中で〉と言ったのだ。だから、〈この〉にはたいして意味がないのだろう。そうは思うが、少女が〈世の中で〉に〈この〉をつけると、何か特別な意味があるのではないだろうかと、つい勘《かん》ぐってしまう。

わたしが立ちどまると、少女も立ちどまり、

「何？」

とわたしの顔を見あげた。

「いや、べつに。」

と言って、わたしが歩きだすと、少女もそれに合わせて歩きだして、言った。

「新しいマンションだったら、あつかう会社がちがうでしょ。マンションじゃなくて、建て売り住宅《じゅうたく》を売ってる会社だってあるだろうし。そういう会社、この町だけ

でいくつあると思う？　ふたつや三つじゃないよ。それに、不動産の会社のほかに、自動車のディーラーだってあるし、いろんな店があるでしょ。たとえば、おじさんがよくいくデパートの八階に、時計《とけい》売り場があるよね。けっこう高い時計《とけい》だって売ってる。おじさんだって、そういう高い時計《とけい》をあそこに買いにいけば、三十分くらいなら、店員があいてをしてくれるよ。ちがう？」

「そうかもしれない。」

「あのおじいさん。たぶん、生きていたときから、そんなことしていたんだよ。」

少女が、

「生きていたときから」

と言ったとき、ふたたびわたしの背中《せなか》に冷たいものが走った。

「さっき、わたし、おじさんに、おもしろいことって言っちゃったけど、おもしろいことっていう言葉はまずかったよ。独居《どっきょ》老人は死んでからもさびしいってことかなあ……。」

独居《どっきょ》老人は死んでからもさびしいという言葉で、わたしの背中《せなか》を三度目に冷たいものが走った。

わたしは少女にたずねた。

「あのおじいさんのこと、前から知ってたの？」

少女がききかえしてくる。

「前からって、どれくらい前っていう意味？」

「どれくらいって、つまり……。」

「生きているころってことなら、知らなかったよ。」

それは、死んでから知ったということになる。

いったいこの少女は何者なのだろうと、わたしは今さらながらに思った。

そのあと、わたしたちはしばらく、だまって歩いた。

デパートの屋上のフェンスが見えはじめたころ、わたしは言った。

「あのマンション業者のところには、おじいさんからもう、連絡《れんらく》がいかないってことだね。」

「きても、こわいだろ。」

と、ぶっきらぼうに言って、少女は笑った。

そこをまがれば、輸入子《ゆにゅう》ども服店というかどまでくると、少女は、

「わたし、さっきの店、もうちょっと見たいから、ここで。」

と言って、そちらのほうに歩いていってしまった。

人通りはまだ少なかった。

少女がその店に入るのを見とどけてから、わたしは家に帰った。

数日後、オープンルームの看板《かんばん》が立っていたマンションの前を通りがかったが、
あいかわらず、看板《かんばん》はそのままだった。

四　桜《さくら》の季節

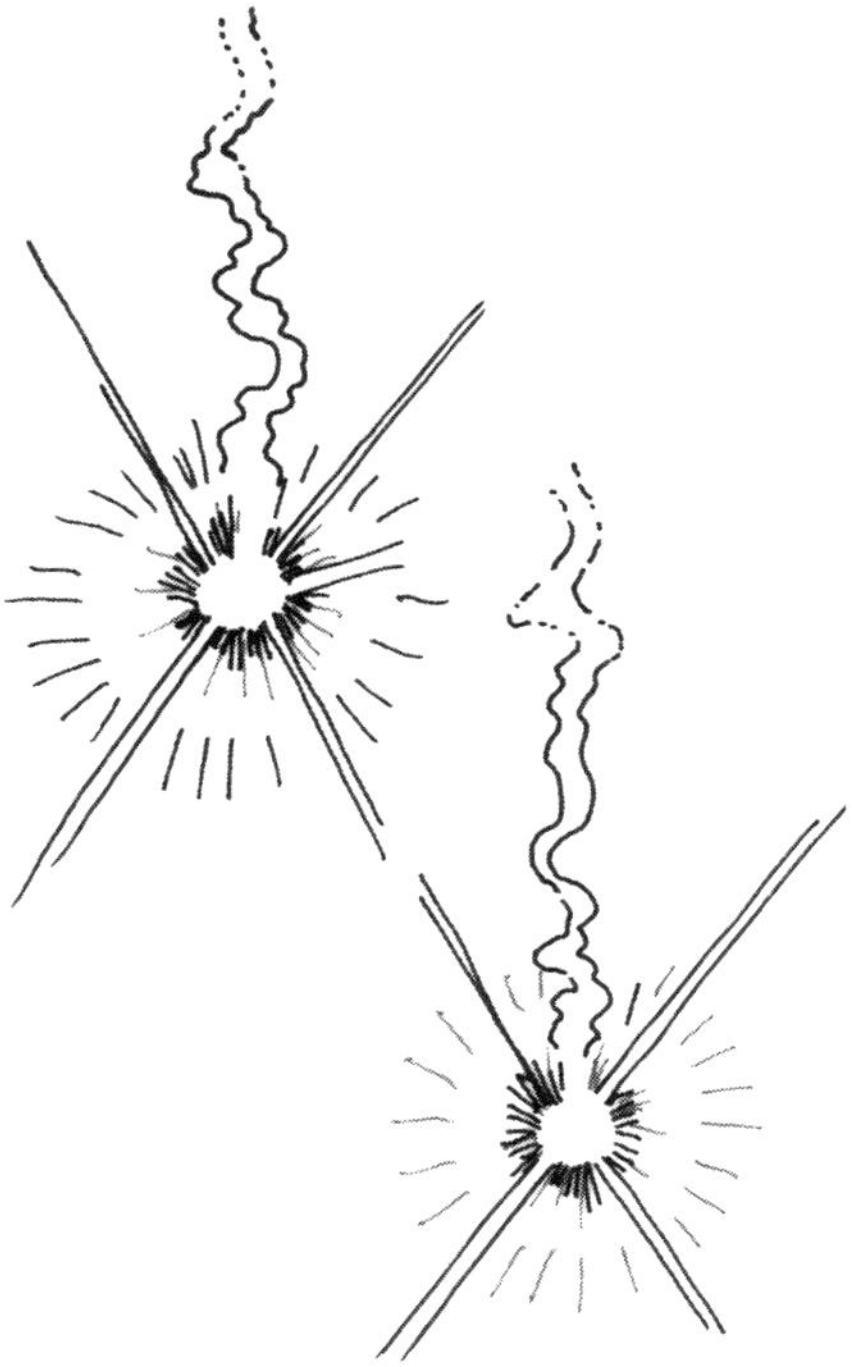

駅から南の方向に十分も歩かない距離《きょり》に、広い池をかこんだ公園がある。

池にはボート乗り場があり、ふつうの手漕《てこ》ぎボートだけでなく、ハクチョウ型で、自転車式のボートもある。ハクチョウの中に入って、ふたりで横にならんで漕《こ》ぐのだが、そのボートを見るたびに、わたしはおまるを連想してしまう。

ひとりで乗っている者を見たことはない。たいていは男女のカップルで乗っている。

若《わか》い男女が巨大《きょだい》なおまるに入りこんで、足をあげたりおろしたり、場合によっては、

「一、二。一、二。」

と声をそろえて漕《こ》いでいる。

ほかの季節なら、それがほほえましく見えるかもしれないが、満開の桜《さくら》にとりかこまれた池で、そんなことをしているのは狂気《きょうき》の沙汰《さた》だ。

その公園は桜《さくら》の季節になると、ものすごい人出になり、巨大《きょだい》な宴会場《えんかいじょう》と化す。

他人がすることに、とやかく言いたくはないが、いったい、満開の桜《さくら》の下、青いビニールシートにすわって、出自のわからぬような物を食べたり、気のぬけたようなビールを飲んだり、だみ声をはりあげて歌を歌ったりして、何が楽しいのだろうか。

そんなふうに思うので、桜《さくら》のシーズンには、わたしはその公園には近よらないようにしている。

昼は狂気《きょうき》のおまる漕《こ》ぎ、夜ともなれば、狂乱《きょうらん》の暴飲暴食《ぼういんぼうしょく》の乱痴気騒《らんちきさわ》ぎ。ネコですら、教養があれば、そんなことはしない。

そんな場所にいかなくても、駅の北側から北にのびる商店街沿《ぞ》いにあるG寺の庭には、りっぱな桜《さくら》の木がある。なにしろ寺の庭だから、あまり人もこないし、まして、ビニールシートにあぐらをかいて、へたくそな歌をがなりたてる者もいない。

そんなわけで、毎年花見はG寺の庭ときめている。

曇《くも》り空《ぞら》で、雨でもふりだしそうな夕方だったが、空気は春めいて、奇妙《きみょう》に生温かかった。
寺の東側は商店街で、山門はそちらにある。
本堂は北側、墓地《ぼち》は南側だ。墓地《ぼち》から外に出る門もある。
わたしは桜《さくら》の木の下のベンチで、ときどき舞《ま》い落ちてくる花びらを見あげていた。
ふと人の気配がし、
「このあいだはごちそうさま。」
という声とともに、だれかがとなりにすわった。
あの少女だった。
「おじさん。お花見？」
と言って、少し腰《こし》をあげ、少女はおとなっぽいしぐさで、ワンピースの裾《すそ》をなおした。
ピンクのワンピースの上から、白いカーディガンをはおっている。
ワンピースは、前に会ったとき、いっしょにいった輸入《ゆにゅう》子ども服店で少女が身体《からだ》にあてていたものだ。

「それ、買ったの？」

わたしがきくと、少女は、

「盗《ぬす》んだんじゃなければ、そういうことになるね。」

と、あいかわらずなまいきな返事。

少女は舞《ま》い降《お》りてくる花びらをさっと手でとらえ、てのひらを開くと、ふっと息をかけて飛ばした。

「おじさん。公園にいかないの？」

「花を見に？」

「うん。」

「いかない。」

「どうして？」

「どうしてって……。」

と言ったところで、わたしはなぜビニールシートの花見が好きでないのか、わかった。

もう三十年も前、最初の本が出たとき、その本を出した出版社《しゅっぱんしゃ》の編集者《へんしゅうしゃ》にさそわれて、市ヶ谷の線路沿《ぞ》いの土手の花見にいったのだ。花見は会社の編集部主催《へんしゅうぶしゅさい》のもので、二十人くらい人がきていた。こちらは本が出たばかりの新人で、いろいろな人に気をつかわなければならず、気づかれだけして帰ってきた。もともと宴会《えんかい》など好きではないが、とりわけ野外ビニールシート宴会《えんかい》がきらいになったのはその時からだ、ということに気づいたのだ。

わたしが先を言わないでいると、少女は言った。

「きかないでおくよ。いやな思い出があるんでしょ。」

「べつに、いやな思い出ってほどのことはないけど、ビニールシートって、すわってると、けっこうきつくなるしね。」

とわたしが言ったとき、わたしは、市ヶ谷での花見のあと、もう一回、ビニールシートの花見に参加したことがあったのを思い出した。

それは靖国《やすくに》神社での花見で、そのときは、市ヶ谷の花見より、ビニールシートがせまく、反対に人の数は多かった。つまり、人口密度《みつど》が高く、すわっているのがきつかったのだ。

そのころにはもう、わたしは本がけっこう出ていて、その花見はある同人雑誌《ざっし》の同人やその関係者の花見だったから、たいして気を使わなくてすむはずだった。しかし、うっかり、ある出版社《しゅっぱんしゃ》のわたし担当《たんとう》の編集《へんしゅう》にさそわれて、参加してしまったら、市ヶ谷のときより、もっとまわりに気を使わねばならないことになってしまったのだ。

席をつめて、そこで飲み食いしているのは、海千山千の編集者《へんしゅうしゃ》たちばかりではないのだ。そういう人たちがあいてなら、新人が何か言っても、なんだ、こいつ、なまいきなやつだな、くらいですむだろうし、それですませてきた。だが、靖国《やすくに》神社の花見のときにはすでにわたしは新人ではなかった。なんとか職業《しょくぎょう》作家になろうとしている人たちには、些細《ささい》な発言であっても、期待を持たせすぎてしまったり、傷《きず》つけてしまったりするかもしれない。

それだけではない。長居《ながい》をしていたら、顔も知らない人に、

「先生。これ、わたしの作品なんですけど、見ていただけませんか。」

と言われ、バッグの中から分厚《ぶあつ》い原稿《げんこう》を出されてしまうかもしれない。

わたしはそう思って、早々に退散《たいさん》した。

ところが、わたしが境内《けいだい》から出てしまうと、その花見にわたしをさそった編集者《へんしゅうしゃ》が追いかけてきた。

「お帰りですか。」

ときかれ、

「うん。悪いけど、先に帰るよ。」

と言うと、

「じゃ、わたしも。」

と言って、その編集者《へんしゅうしゃ》はわたしとならんで歩きだした。

「もどらなくて、いいのかよ。」

わたしがそう言うと、編集者《へんしゅうしゃ》は悪びれもせずにこう言った。

「先生がお帰りになるようなので、駅までお見送りにいったら、帰りがわからなくなったんです……ってことで。」

たしかに、今からみんなのところにもどれと言われても、境内《けいだい》は花見の人々でごったがえしているから、帰りつくのはたいへんだろう。

市ヶ谷にしても、靖国《やすくに》神社にしても、近くの公園にしても、いったい桜《さくら》の木一本に対して人は何人なのだろう。数字は二けたになるにちがいない。その点、G寺の花見は、りっぱな桜《さくら》一本に対して、見物人はわたしひとりだ。いや、となりに少女がきたから、ふたりになるか……。

市ヶ谷の土手や靖国《やすくに》神社での花見を思い出していると、暗くなりかけた庭に、ひとりの僧《そう》が墓地《ぼち》のほうから入ってきた。

四角い箱を背負《せお》っており、白い脚絆《きゃはん》にわらじという、昔の旅僧《たびそう》のようなかっこうをしている。

身体《からだ》つきは細いというより、貧弱《ひんじゃく》と言っていいくらいだった。

そのときちょうどともった庭園灯の青白い光のおかげで、僧《そう》の顔がはっきりと見えた。

ただ美しいというのではない。その顔は非常《ひじょう》に、いや、異常《いじょう》に美しかった。ほっそりとした顎《あご》に、小さな赤いくちびる。細い眉《まゆ》に、大きすぎず、かといって、けっして小さくない目。

それは、男ではなく、女性《じょせい》のようですらあった。

その僧《そう》がわたしたちの前を通りすぎると、少女が小声で言った。

「きれいなお坊《ぼう》さんね。」

わたしはうなずいた。

「ああ。そうだね。」

「どこかから帰ってきたのかしら。」

「旅のかっこうだったみたいだから、そうかもしれない。」

「どこへいっていたんだと思う？」

「さあ。関西とか？」

わたしがいいかげんに答えると、少女は言った。

「ちょっとだけ当たってるかも。」

「ちょっとだけ当たってるって？」

「だから、関西。西のほうだけど、もっと遠くよ。」

「もっと遠くって？」

「インド……っていうか、天竺《てんじく》。」

少女が真顔でそう言った瞬間《しゅんかん》、わたしたちの前を通りすぎ、本堂の階段《かいだん》をのぼっていく僧《そう》がだれなのか、いや、だれに酷似《こくじ》しているのか、わたしはわかった。

もうずいぶん前、十年とか二十年とかではなく、もっと前に、テレビで『西遊記』を連続ドラマ形式で放映《ほうえい》していたことがあり、そのとき、三蔵法師《さんぞうほうし》役をしていた女優《じょゆう》の顔だった。

美人薄命《はくめい》という言葉のとおり、その女優《じょゆう》は若《わか》くして世を去っていた。

僧《そう》のうしろ姿《すがた》を目で追いながら、

「今の、女優《じょゆう》の……。」

とわたしがつぶやくと、少女は言った。

「そういうこともあるよ、桜《さくら》の季節だもん。」

その瞬間《しゅんかん》、階段《かいだん》をあがりきった僧《そう》の姿《すがた》が消えた。

少女を見ると、本堂のほうは見ておらず、桜《さくら》を見あげている。

わたしはため息をついて言った。

「そうか……。」

あいかわらず、桜《さくら》を見あげたまま少女が答えた。

「そうよ。」

「そうだよな。」

と言ったところで、わたしは思った。

もう日も暮《く》れかかっている。寺の境内《けいだい》で少女と話をしているというのは、あまり好ましくはない。

わたしは言った。

「もうすぐ日が暮《く》れるよ。」

少女は桜《さくら》を見あげたまま言った。

「だから？」

「だからって、あんまり遅《おそ》くなると……。」

「このあいだは、今よりもっと遅《おそ》かったよ。ほら、おまわりさんを尾行《びこう》した日。」

「そうかもしれないけど……。」

そこでようやく、少女は桜《さくら》を見あげるのをやめ、わたしの顔に視線《しせん》をうつした。

「おじさん。べつに、わたしのことを心配してるわけじゃないよね。」

「えっ?」

「おじさんが心配してるのは、わたしのことじゃなくて、自分のことでしょ。わたしくらいの女の子をかまっていると、変態《へんたい》じゃないかって、そう思われるかもしれないって。そう思われたら、やばいよね。」

当たっているだけに、返す言葉がない。

しばらく沈黙《ちんもく》がつづく。

だまっているのも気づまりだから、わたしが何か言おうとしたとき、墓地《ぼち》のほうから、玉砂利《たまじゃり》を踏《ふ》んで近づいてくる足音が聞こえた。

ザッ、ザッ、ザッ、ザッ、ザッ……。

ふつうに歩いているというよりは、行進の足どりだ。だが、何人もの足音ではなかった。歩いてくるのはひとりだろう。

やがて、墓石《はかいし》がならぶかどから、ひとりの男があらわれた。

制服《せいふく》を着ていた。つばのある帽子《ぼうし》をかぶり、リュックのようなものを背負《せお》っている。右肩《かた》に小銃《しょうじゅう》をかけている。ゲートルに短靴《たんぐつ》。

まちがいなく、旧《きゅう》日本陸軍の兵士のかっこうだ。

ザッ、ザッ、ザッ、ザッと、足音も高く、兵士がわたしたちの前を通りすぎようとした瞬間《しゅんかん》、暮《く》れなずんでいた南の空がオレンジ色に光った。

実物は見たことがないが、テレビのニュースで見たことがある。それは、照明弾《だん》の炸裂《さくれつ》にちがいなかった。

しかし、兵士はふりむいて空を見あげるでもなく、足音高く、通りすぎていく。

そのうしろ姿《すがた》を目で追えば、リュックのようなもの、いや、背嚢《はいのう》にはヘルメットがかぶさっている。

明るい南の空ではなく、桜《さくら》を見あげている少女に、わたしは小声で言った。

「日本兵が通っていく。」

「そう？」

少女の返事はそっけない。

見れば、兵士は本堂の階段《かいだん》をあがっていこうとしている。

階段《かいだん》をあがりきったところで、兵士は消えた。

兵士が消えると同時に、南の空のオレンジ色も消えた。

ずっと桜《さくら》を見あげていた少女がわたしの顔に視線《しせん》をうつし、

「なにしろ、桜《さくら》の季節だから。」

と言って、ベンチから立ちあがった。

「じゃあね、おじさん。また。」

そう言って、少女は山門のほうに歩いていってしまった。

どうして三蔵法師《さんぞうほうし》に扮《ふん》した亡《な》くなった女優《じょゆう》と旧《きゅう》陸軍兵士があらわれたのか、わたしにはわかった。

G寺には、庭のはじに三蔵法師《さんぞうほうし》の像《ぞう》がある。それから、墓地《ぼち》のほうの門から入ると、すぐそこに、ひときわ背《せ》の高い墓石《ぼせき》が立っている。立っているというより、聳《そび》え立《た》っていると言ったほうがいいくらいだ。ふつうの四角い石ではなく、自然の形

を残した、先が細くなっている墓石《ぼせき》だ。それは、戦時中に亡《な》くなった陸軍兵士の墓《はか》なのだ。

なにしろ、桜《さくら》の季節なのだ。そういうことも起こるのだろう。

五　ブランコのカップル

四月の中旬《ちゅうじゅん》から下旬《げじゅん》にかけて、世の中はなんとなく落ちつかない。新しい年度がはじまったものの、桜《さくら》は散り、ゴールデンウィークをひかえ、人々は浮《う》き足《あし》だっているように見える。

わたしはふと気がむき、昼過《ひるす》ぎ、いつもはいかない街の北にいってみた。繁華街《はんかがい》をはなれると、住宅地《じゅうたくち》になる。たいていの家の駐車《ちゅうしゃ》スペースには、ドイツ車がとまっている。

空は雲っていたが、暑いくらいで、ちょっと足を速めると、汗《あせ》ばんでくる。散歩で汗《あせ》ばむこともないので、細い道をゆっくりと北上していくと、先のほうに団地《だんち》が見えた。キャラメルの箱を横に立てたような、クリーム色の建物が前後にならんでいる。

その近くまでいくと、街のようすが変わる。

高級車がとまっている家はなくなる。

団地《だんち》の横を通りぬけると、前に緑が見えた。近くまでいってみると、そこは児童公園で、右手にコンクリートの築山《つきやま》がある。左手にはブランコ。

児童公園としては広いほうだろう。

その公園に一歩足を踏《ふ》みいれたとき、ブランコの近くで、女の子がうしろをむいて立っているのがわかった。

うしろ姿《すがた》でもわかる。あの少女にちがいない。

黒っぽいジーンズの上に、襟《えり》のある白いシャツを着ている。長袖《ながそで》の袖《そで》を肘《ひじ》の上までまくりあげている。はいているのは、白いスニーカー。

ブランコは四つあり、右のふたつにカップルが乗っている。

わたしが近づいていくと、少女はふりむいて言った。

「おじさん。こんにちは。」

「やあ。こんなほうまでくるの？」

近くにいって、そう言うと、少女は、

「おじさんこそ。」

と言い、すぐそばでブランコに乗っているカップルを指さした。

そんなに近くから、人を指さすのは失礼だろう。

わたしがそう思ったとき、少女が言った。

「どうせ、こっちには気づかないよ。っていうか、見てないよ。」

少女に近いほうが女で、そのとなりが男だった。

ふたりとも年齢《ねんれい》は大学生くらいだろう。二十歳《はたち》前後だ。男は膝丈《ひざたけ》のカーキ色の半ズボンに黒いTシャツ、女はブルージーンズに黄色いヨットパーカーで、パーカーのチャックが首まであがっている。ふたりとも、薄汚《うすよご》れたスニーカーをはいている。

ブランコに腰《こし》かけているだけで、ブランコは止まっている。

だれかが近づいてくれば、ちらりとでもそちらを見るのがふつうだろうが、少女が言うとおり、まるでこちらを見ていない。ふたりとも真顔で話をしている。

「そんなふうに言うことないだろ。」

「じゃあ、どう言えばいいの。」

「おれだって、努力はしているんだ。」

「努力って、どんな努力よ。」

「おまえが言ったとおり、ちゃんと大学にはいっているし。」

「ちゃんといくのがふつうなのよ。」

「そんなことない。中村だって、狭山《さやま》だって、毎日きちゃいない。」

「中村君とか、狭山《さやま》君がちゃんとこないと、それがふつうになるの？」

「そうは言ってないけど……。」

「じゃあ、どう言ってるのよ。」

「どうって……。」

「あなたを見てると、いらいらするのよ、このごろ。」

やはりふたりは大学生なのだ。

その児童公園から西に数百メートルのところに大学があるから、そこの学生かもしれない。

見れば、ふたりともおそろいのような、オレンジ色のリュックを背負《せお》っている。

「そんなふうに……。」

と男が言いかけたとき、少女がそこをはなれた。

わたしもいっしょにそこをはなれた。

近くにベンチがある。少女がそこにいって、腰《こし》かけたので、わたしもとなりにすわった。

そこからだと、ブランコのカップルが正面から見える。だが、声が聞こえるほど近くはない。

わたしは日ごろ、気になっていることを口にしてみた。

「このごろの大学生って、リュックをしょっているじゃないか。あれって、何が入っているのかな。けっこう大きいけど。」

少女がカップルのほうに目をやりながら答えた。

「教科書とかじゃない。それから、ノートとか。」

「教科書とノートだけで、あんなにリュックがふくらむかな。」

「リュックなんて、何も入ってなくても、ふくらむのよ。あいつらの頭と同じよ。」

「あいつらの頭と同じって、きょうはずいぶん機嫌《きげん》が悪いね。」

「あいつらの話を聞いていたら、機嫌《きげん》だって悪くなる。」

「じゃあ、聞かなければいいじゃない。」

「そうね。」

と答えてから、少女は言った。

「わたし、いやなものとか、好きじゃないものを見ると、つい、じっと観察しちゃうんだ。」

「ふうん。そうなの。癖《くせ》になってるんだったら、あんまり幸せな習慣《しゅうかん》じゃないね。」

わたしがそう言うと、少女はそれには答えず、

「ああいうカップルって、つきあっているかぎり、何十年もああやってるんだよ。わたし、何か言われて、『おれだって、努力してるんだ。』なんて言う男、大嫌《だいきら》い。

ああ、いやだ。大嫌《だいきら》い！　絶対嫌《ぜったいきら》い！　努力なんて、だれでもしているよ。」

と言ってから、

「わたしはしてないけど。」

とつけたした。

わたしはつい笑ってしまい、

「じゃあ、だれでもしてることにはならないだろ。」

と言った。

するとき少女はわたしの顔を見て、言った。

「わたしは、だれでもに入らないの！」

「まあ、そうだろうなあ……。」

と言ったのは、そのとおりだろうと思ったからだ。

世の中の女の子がだれでもこの少女のようだったら、街中、不思議であふれかえる。

少女はブランコのほうに視線《しせん》をもどして、言った。

「何が入っているにしても、遠足じゃないんだから、なんでリュックなんてしょっているんだろう。」

「このごろの若者《わかもの》はリュックをしょってるんだよね。だれでもってわけじゃないけど。」

わたしがそう言うと、少女はこちらを見て言った。

「そういえば、おじさん。おじさんって、いつもカバンとか、持ってないね。」

「荷物、あんまり好きじゃないんだよ。どうしてものときは持つけど。たいていはポケットですんじゃうし。きみだって、いつも手ぶらじゃないか。」

「そうね。」

と答えて、少女はまたブランコに目をやった。

声は聞こえないが、あいかわらずカップルがブランコにすわって話をしている。

少女が言った。

「女も女だよ。男のこと、ほんとはそんなに好きじゃないんだよ。男がちゃんと学校にいっていようがいまいが、そんなこと、ほんとに好きなら、気にならないよ。」

「そうかな。」

「そうだよ。学校にいかないことまで、かっこがいいと思っちゃうんだ。ま、いいか。わたしには関係ないし。気分が悪いから、わたし帰るね。またね、おじさん。」

少女はそう言うと、立ちあがった。そして、

「そうそう。ぜんぜんおもしろくないけど、あのカップルのそばでもっと話を聞いてみれば？　すぐそばにいっても、気づかないからだいじょうぶ。なんなら、ふたりの前に立って、アッカンベーをしたって、わからないよ。じゃあね。」

と言って、公園を出ていってしまった。

少女はわたしがきたほうに歩いていき、やがて姿《すがた》が見えなくなった。

わたしは立ちあがり、ブランコに近よってみた。

ふたりから七、八メートルのところまでいっても、ふたりとも、こちらを見な

かった。そこで、少しずつ、もっと近づいてみた。

まるで、わたしに気づくようすはない。

ブランコの前には安全用のバーがある。わたしはそこまでカップルに近づいた。

男も女もわたしを見もしない。話をつづけている。

「そんなことない。中村だって、狭山《さやま》だって、毎日きちゃいない。」

「中村君とか、狭山《さやま》君がちゃんとこないと、それがふつうになるの？」

「そうは言ってないけど……。」

「じゃあ、どう言ってるのよ。」

「どうって……。」

「あなたを見てると、いらいらするのよ、このごろ。」

「そんなふうに言うことないだろ。」

「じゃあ、どう言えばいいの。」

「おれだって、努力はしているんだ。」

「努力って、どんな努力よ。」

「おまえが言ったとおり、ちゃんと大学にはいっているし。」

「ちゃんといくのがふつうなのよ。」

「そんなことない。中村だって、狭山《さやま》だって、毎日きちゃいない。」

「中村君とか、狭山《さやま》君がちゃんとこないと、それがふつうになるの?」

さっきと話が変わっていない。話が循環《じゅんかん》している。

そういえば、姿勢《しせい》も変わっていない。

こちらから見て、男が左、女が右。

男は両手でブランコの鎖《くさり》をにぎっている。

女は右手、つまり男がいるほうの手で鎖《くさり》を持ち、左手はリュックの肩《かた》ベルトをにぎっている。ふたりとも、かたい表情《ひょうじょう》でたがいの顔を見ている。まるで身体《からだ》を動かさず、動いているのは口だけだ。

昔、アメリカのテレビアニメーションで、顔の表情《ひょうじょう》は変わらず、口だけ動いているものがあったが、それによく似《に》ていた。

わたしにはまるで注意をはらわず、ふたりは話をつづけている。

「そんなことない。中村だって、狭山《さやま》だって、毎日きちゃいない。」

「中村君とか、狭山《さやま》君がちゃんとこないと、それがふつうになるの？」

「そうは言ってないけど……。」

「じゃあ、どう言ってるのよ。」

「どうって……。」

「あなたを見てると、いらいらするのよ、このごろ。」

「そんなふうに言うことないだろ。」

「じゃあ、どう言えばいいの。」

「おれだって、努力はしているんだ。」

「努力って、どんな努力よ。」

「おまえが言ったとおり、ちゃんと大学にはいっているし。」

「ちゃんといくのがふつうなのよ。」

「そんなことない。中村だって、狭山《さやま》だって、毎日きちゃいない。」

「中村君とか、狭山《さやま》君がちゃんとこないと、それがふつうになるの?」

「そうは言ってないけど……。」

「じゃあ、どう言ってるのよ。」

「どうって……。」

「あなたを見てると、いらいらするのよ、このごろ。」

「そんなふうに言うことないだろ。」

「じゃあ、どう言えばいいの。」

「おれだって、努力はしているんだ。」

「努力って、どんな努力よ。」

「おまえが言ったとおり、ちゃんと大学にはいっているし。」

「ちゃんといくのがふつうなのよ。」

そこまで聞いて、わたしはようやく、ふたりが同じせりふをくりかえしているのがわかった。

ひょっとして、芝居《しばい》の練習をしているのかもしれない。

しかし、芝居《しばい》なら、もっと動作が入るなり、表情《ひょうじょう》が変わるなりするはずだ。

「そんなことない。中村だって、狭山《さやま》だって、毎日きちゃいない。」

「中村君とか、狭山《さやま》君がちゃんとこないと、それがふつうになるの？」

「そうは言ってないけど……。」

「じゃあ、どう言ってるのよ。」

「どうって……。」

「あなたを見てると、いらいらするのよ、このごろ。」

「そんなふうに言うことないだろ。」

「じゃあ、どう言えばいいの。」

「おれだって、努力はしているんだ。」

「努力って、どんな努力よ。」

「おまえが言ったとおり、ちゃんと大学にはいっているし。」

「ちゃんといくのがふつうなのよ。」

わたしは、一歩、また一歩とあとずさりをした。

そのとき、ふたりのうしろから、三歳《さい》くらいの男の子をつれた母親らしい女性《じょせい》が男のすわっているブランコに近づいてきた。そして、すぐそばまでくると、男の子を抱《だ》きあげ、そのブランコにすわらせようとした。

一瞬《いっしゅん》、親子と男の姿《すがた》がダブって見えた。だが、男の子がブランコにすわってしまうと、男の姿《すがた》は見えなくなった。

女のほうも、それと同時に消えた。

だが、声はまだ聞こえていた。

「そんなふうに言うことないだろ。」

「じゃあ、どう言えばいいの。」

しかし、その声もだんだん小さくなっていった。

「おれだって、努力はしているんだ。」

「努力って、どんな努力よ。」

「おまえが言ったとおり、ちゃんと大学にはいっているし。」

そして、

「ちゃんといくのがふつうなのよ。」

という女の声を最後に、聞こえなくなった。

母親が女のすわっていたブランコに腰《こし》をおろした。

わたしはくるりと親子に背《せ》をむけ、それきりふりむかずに公園の出口にむかった。

ブランコがきしむ音が聞こえた。

公園を出ると、あたりがすっと明るくなった。

雲間から、太陽が顔を出したのだ。

六　ゴールデンウィークのフェアリーテール

四月の終わりから五月の第一週まで、カレンダーのどこに日曜があろうが、たいていの出版社《しゅっぱんしゃ》は大型連休にしてしまうようで、そのあいだはどこからも電話がかかってこない。電話がかかってこないと、仕事がはかどるから、ゴールデンウィークはほとんどうちにこもって、パソコンの前にすわりつづけるのがふつうだ。

ところが、そうはいかないこともある。

知り合いに子どもが生まれ、その祝いの品をデパートに買いにいかねばならなくなったのだ。

ゴールデンウィークにデパートにいくのは、七月の土曜日に車で鎌倉《かまくら》にいくようなもので、正気の沙汰《さた》ではない。しかし、そんなことも言っていられないので、五月の一日《ついたち》、わたしはいつものデパートに出かけていった。

出産祝いを選ぶのは結婚《けっこん》祝いにくらべれば、問題にならないくらい楽だ。子ども服売り場にいって、赤《あか》ん坊《ぼう》の性別《せいべつ》、その子がいつ生まれたか、そして、予算を言えば、店員が何セットか候補《こうほ》をあげてくれる。そのとき肝心《かんじん》なのは、予算について、だいたい一万円くらいなどと、曖昧《あいまい》に言わず、消費税《ぜい》と送料込《こ》みで、一万円以内とか、二万円以内とか、そういうふうにはっきりと言うことだ。そのほうが買い物が早くすむ。

もっとも、赤《あか》ん坊《ぼう》の服をねちねちと、いつまでも選んでいたいのであれば、話は別だが。

そんなわけで、わたしはデパートの店員に、

「消費税《ぜい》、送料込《こ》みで予算は一万五千円です。送り先は都内です。四月の中旬《ちゅうじゅん》に生まれた女の子が秋から冬にかけて着られるものを選んでください。帽子《ぼうし》と靴《くつ》と靴下《くつした》は不要です。」

と言明し、店員が、

「それではこれはいかがでしょう。」

と選んでくれたものの中からひとつを選び、プレゼント包装《ほうそう》で発送してもらった。

それで、レジで勘定《かんじょう》をすませていると、うしろから声をかけられた。

「おじさん。どうして帽子《ぼうし》と靴《くつ》と靴下《くつした》はいらないの？」

ふりむくと、あの少女だった。

白いTシャツにジーンズのショートパンツ。黄色のヨットパーカーをはおっている。

みょうにおとなっぽく見えたのは、ヒールのあるサンダルをはいて、赤いペディキュアをしていたからだろう。

領収書《りょうしゅうしょ》と発送伝票のひかえを受け取ってから、わたしは少女に答えた。

「生まれたばかりの赤《あか》ん坊《ぼう》が帽子《ぼうし》をかぶり、靴下《くつした》と靴《くつ》をはいて、どこかに出かけると思う？」

すると、少女は
「ハハッ。」

と短く笑ってから言った。

「もしわたしが同じ質問《しつもん》されたら、そう答えたと思う。生まれたばかりの赤ちゃんが靴下《くつした》とか靴《くつ》とかはいたり、帽子《ぼうし》をかぶったりするのは、お宮参りのときくらいだし、お宮参りの衣装《いしょう》は、だいたい両親とか、じじばばがそろえるからね。他人から帽子《ぼうし》だの、靴《くつ》だの靴下《くつした》だのをもらったって、無駄《むだ》になるだけだよね。」

いったいこの子はいくつなのかと思う。小学生や中学生の知恵《ちえ》ではない。

わたしが怪《あや》しむやら感心するやらしていると、少女が言った。

「三階のカフェで、かき氷をはじめたよ。目に青葉、やまほととぎす、かき氷っていうじゃない。食べにいこうよ。」

「かき氷じゃなくて、初鰹《はつがつお》だろ。」

わたしがそう言うと、少女は、

「じゃ、初鰹《はつがつお》でもいいよ。近くのホテルの二階に、お寿司《すし》屋さんがあるから、そこにいく？」

「べつにそれだってかまわないよ。」

「かまわなくないよ。やっぱり氷だよ。かき氷。」

少女はそう言って、わたしの手を取った。

少女に手をつながれるのは二度目だったが、やはりドキリとする。

「わかった、わかった。かき氷おごるから、手をはなしてくれよ。」

と言って、手をはなしてもらい、わたしたちはエスカレーターで三階におり、そのカフェにいった。

そこはいつもわたしが編集者《へんしゅうしゃ》と打ち合わせで使う店ではない。打ち合わせに使うのは二階のティールームだ。

四人掛《が》けの席にむかいあってすわり、少女が赤いシロップのかき氷にソフトクリームがのったものを、わたしが宇治金時《うじきんとき》を注文すると、少女はテーブルに身をのりだして言った。

「おじさん。夜のデパートって、きたことある？」

「夜って、何時？　ここ、八時までやってるから、それくらいにきたことはあるけど。」

「そんな早い時間じゃなくて、もっと遅《おそ》くだよ。十一時とか十二時とか。」

「そんな時間に、お客がデパートに入れるわけないだろ。」

「ふつうはね。でも、入れないこともないんだ。」

「きみ、そんな時間に、きたことがあるの？」

「あるよ、もちろん。」

「いつ？」

「きのうかな。」

「また、そんなこと言って……。」

「ほんとだよ。」

と真顔で答えてから、少女は言った。

「おじさん。夜中のデパートって、真っ暗だと思うでしょ。ちがうのよ。営業《えいぎょう》時間よりはずっと暗いけど、ちょっと明かりがついていて、真っ暗じゃないんだ。そりゃあ、そうよね。守衛《しゅえい》さんだって巡回《じゅんかい》するんだし。」

「それで?」

「それでって、つまり、真っ暗じゃないから、何かが起これば、見えるってこと。」

「何が起こるんだ。マネキン人形が踊《おど》るとか?」

わたしがからかうようにそう言うと、少女は、

「どうして知ってるの? おじさんも見たの?」

と真顔のままで言った。

この少女といっしょにいると、いろいろと奇妙《きみょう》な体験をするが、夜中のデパートでマネキン人形が踊《おど》っているというのは、いかにもありきたりだ。

「見てないよ。夜中のデパートにきたことはないし、きたことがないから、たとえマネキン人形が踊《おど》っていても、わからない。だけど、夜中のデパートで、マネキン人形が踊《おど》ってるなんて、ありきたりだなあ。」

わたしがそう言うと、少女は、

「怪談《かいだん》なんて、たいていはありきたりだよ。」

と言って、

「じゃあ、これは。」

と、かき氷がくるまで、次々に奇妙《きみょう》な話をした。

文具を売っているコーナーで、棚《たな》の上の天体望遠鏡が地球儀《ちきゅうぎ》に宇宙《うちゅう》の広さについて語っているとか、化粧品《けしょうひん》売り場の各メーカーのポスター写真のモデルが、それぞれみんな、自分がいちばん美しいと主張《しゅちょう》し、目をつりあげ、ほかのモデルを全否定《ひてい》して、がなりたてているとか、もちろん、マネキン人形が踊《おど》っているという話もあった。

文具売り場の天体望遠鏡について、少女は、

「あそこにある天体望遠鏡は、もちろん未使用だから、宇宙《うちゅう》なんて見たことがないくせに、胸《むね》をそらせて、つまり、ぐっと角度をあげて、『きみ、アンドロメダ銀河《ぎんが》は地球から二百五、六十万光年の距離《きょり》にあるんだ。わかるか？　光がとどくのに二百五、六十万年かかる距離《きょり》だぞ。だが、それだって、地球からはすごく近いので

あって……。』なんて言うのよ。まるで、理科の授業《じゅぎょう》みたい。」

と言った。

「へえ、そのあいだ、地球儀《ちきゅうぎ》は何をしてるのかな。」

わたしがたずねると、少女は答えた。

「ただ、くるくるまわって、ときどき、『へえ、そうなんだあ。』なんて言って、聞いてるんだか、聞いてないんだか、わからない。」

化粧《けしょう》品のポスターについて、わたしが、

「ほら、あれって、外国人のモデルが多いじゃないか。いったい何語で議論《ぎろん》してるんだ？　英語？」

ときくと、少女はあたりまえのように答えた。

「日本語よ。だって、モデル本人は外国人かもしれないけど、ポスターは日本で印刷されているんだから、日本語で話すにきまってるじゃない。」

それから、マネキン人形の踊《おど》りについては、

「昔のマネキンって、ほとんど頭があったでしょ。でも今は、首から上がなかったり、あっても、のっぺらぼうだからなあ……。」

といかにも感慨《かんがい》深そうに言ったが、だからなんだについては、何も言わなかった。

そんなことを話しているうちに、注文のかき氷がきて、少女は、

「ほら、氷食べると、頭がつうんとくるっていう人、いるでしょ。わたし、そういうの、ないんだよね。おじさんは。」

ときくので、

「ゆっくり食べないと、つうんとくるよ。」

と答えた。すると、少女は、

「かき氷をゆっくり食べるなんて、いかにもまずそうじゃない。」

と言った。

食べている最中は、デパートの怪異《かいい》についての話は中断《ちゅうだん》していたが、食べおわると、少女は店を見まわし、声を落として言った。

「このカフェだってね……。」

天体望遠鏡と地球儀《ちきゅうぎ》の話も、ポスターの話も、マネキン人形の踊《おど》りの話も、怪談《かいだん》というより滑稽譚《こっけいたん》というふうだったが、その瞬間《しゅんかん》、わたしはぞっとした。話の舞台《ぶたい》が今いる場所だったからかもしれない。

わたしがだまっていると、少女は言った。

「夜中になると、どこからともなく、人が集まってくるのよ。もちろん、守衛《しゅえい》じゃない。みんな年より。地下の食品売り場によくくる常連《じょうれん》の年よりよ。」

「よくくる常連《じょうれん》ってことは、生きてる人？」

「見たことない人もいるから、ぜんぶがそうかわからないけどね。」

「だって、そんなにおおぜいの年よりがどうやって、深夜にデパートに入ってこられるんだ？」

「それはわからない。店員だっていないし、何も注文できないんだから、食べたり飲んだりはできないでしょ。ただすわって話をするだけなら、ここじゃなくてもいいのにね。公園だってあるんだしねえ。」

と言ってから、

「そうだ。ほら、買う気もないのに、中古のマンションを買うふりをしていたおじいさんも見たよ。」

と言いたしてから、今気づいたというふうにつぶやいた。

「ってことは、ここにきてるの、生きてる人だけじゃないってことかあ。」

それきり少女はだまってしまい、ウェイトレスがテーブルの上をかたづけてしまうと、

「あ、そうだ。」

とまた話しだした。

「さっき、おじさんと会った売り場の近くに、おもちゃ売り場があるでしょ。今だと、五月人形売ってるじゃない。あの中にひとつだけ、夜中に動くのがいるんだよ。金太郎《きんたろう》なんだけど、右から三つめのやつ。あいつ、ちょっとむかつくよ。だってね、

ほら、金太郎《きんたろう》って、クマとおすもうとることになってるでしょ。人形なのに、そのこと知ってるんだろうな。ぬいぐるみの棚《たな》の下にいって、テディベアに、すもうとろうって言ったのよ。そうすると、その金太郎《きんたろう》よりちょっと大きい、オレンジ色のテディベアが棚《たな》からおりてきて、金太郎《きんたろう》とすもうをとってあげたんだけどね。中にはつきあいのいいぬいぐるみもいるから、それじゃあって、ウサギが行司の役をやって、レジのむこうにある台の上で、はっけよいのこったって、おすもうがはじまったんだ。だけど、やっぱり人間はクマにはかなわないよ。何度やっても金太郎《きんたろう》はクマに勝てないんだ。クマも一回くらいは負けてやればいいようなものだけど、やっぱり、あいてが五月人形で、息子《むすこ》が強くたくましく生きていくように願って、親が買ったりするんだったら、わざと負けるってわけにはいかないよね。それで、ぜんぜん勝てない金太郎《きんたろう》は、くやしくなって、斧《おの》でクマをなぐりつけたり、自分よりずっと小さいウサギに八つ当たりしたりしたのよ。つきとばしたりして。あんな金太郎《きんたろう》買っていったら、子どもはろくな人間にならないよね。」

こうなるともう怪談《かいだん》というより、フェアリーテールだ。

デパートの夜の怪異《かいい》についての少女の話はそれで終わりだった。

最後に少女は、

「おじさん。わたしとのこと、本に書いてもいいよ。いろいろおごってもらっちゃてるしね。」

と言って、立ちあがった。そして、

「ごちそうさまでした。じゃあ、おじさん。またね。」

と言い、店から出ていってしまった。

わたしは勘定《かんじょう》をすませると、おもちゃ売り場に、少女が話した金太郎《きんたろう》を見にいった。

いくつもならんでいる五月人形の右から三つ目はたしかに金太郎《きんたろう》で、斧《おの》をかつぎ、歌舞伎《かぶき》役者のように、見栄《みえ》を切っていた。顔はかわいらしいというより、ふてぶてしい。少女の話を聞いたせいか、いじわるそうにすら見える。子どもの日まであと数日しかないのに、ここにあるということは売れ残っているということだろう。

これじゃあ、売れないかも……、と思いながら、ふと、金太郎《きんたろう》がかついでいる斧《おの》に目をやると、刃《は》に何かついている。

顔を近づけてよく見ると、それはオレンジ色の繊維《せんい》だった。

いそいでわたしはぬいぐるみ売り場にいき、オレンジ色のテディベアをさがした。

あの金太郎《きんたろう》よりちょっと大きいオレンジ色のテディベアが棚《たな》の高いところにあった。

そこはクマばかりならんでいるのに、十五センチくらいの白いウサギのぬいぐるみがそのテディベアによりそっている。

わたしは店員を呼《よ》び、そのウサギとテディベアを棚《たな》からおろしてもらった。

テディベアの左耳のつけ根に小さなほころびがあったが、さいわい、ウサギにけがはないようだった。

わたしはそのテディベアとウサギを買い、店員に言った。

「ほら、ラッピング用の透明《とうめい》な袋《ふくろ》があるでしょ。あれに入れてください。中が見えるようにしてね。リボンは赤いのがいいかな。ふたついっしょでかまいません。紙の袋《ふくろ》は別にください。」

店員がそのとおりにラッピングしてくれたテディベアとウサギをかかえ、わたしは金太郎《きんたろう》のところにもどった。そして、これ見よがしに、ラッピングされたテディベアとウサギを金太郎《きんたろう》の前につきだし、

「ほら、こうやって、やさしく誇《ほこ》り高いクマと、それから友だちづきあいのいいウサギは買われていくのになあ。」

と言ってやった。

それから、ラッピングされたクマとウサギをていねいに紙の袋《ふくろ》に入れ、それを持って帰宅《きたく》した。

七

状況《じょうきょう》の幽霊《ゆうれい》

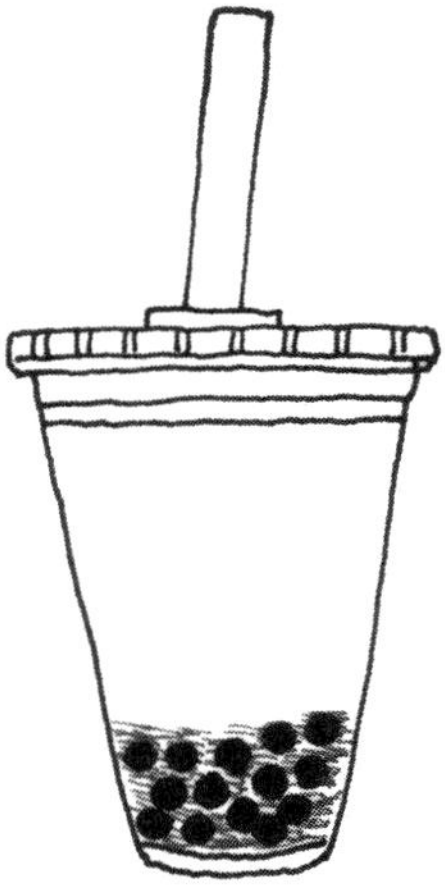

三日も雨がふったあとの梅雨《つゆ》の晴れ間で、週末でもないのに、人出が多かった。駅から北にのびるアーケードのある商店街を歩くと、G寺の山門よりも手前に、店名がドイツ語の書店がある。さほど大きな店ではないのだが、経営者《けいえいしゃ》のセンスがいいのか、そこにいくと、読みたい本が見つかる。

七時ころだったが、夏の空はまだまだ明るい。

駅のほうからその書店にむかって歩いていくと、前から、白いシャツに袖《そで》なしの黒いワンピースの女の子がこちらにやってくる。

あの少女だ。

こちらが気づくのとほぼ同時に、少女もわたしに気づいたようで、ちょっと片手《かたて》をあげた。

ちょうど書店の前で出会うと、少女は店の中をちらりと見て、

「おじさん。ここにきたの?」

と言った。

「そうだけど。」

わたしが答えると、少女はさきに店に入った。

店に入ると、右側が階段《かいだん》で、そこをのぼると二階の売り場に出る。文庫などはそこに置いてある。

少女はその階段《かいだん》をあがっていった。

わたしも階段《かいだん》をあがった。

二階にあがり、書棚《しょだな》の間を少しいったところで、少女は立ちどまって、ふりむいた。

「この店、おじさんの本も置いてあるよ。知ってると思うけど。」

二階には文庫だけではなく、児童書もある。そこには、わたしの本が何冊《さつ》かあるが、たぶん、店の人たちは、わたしが作家だということを知らない。

自分の本にはふれずに、わたしはたずねた。

「それ、学校の制服《せいふく》？」

「それって、今着ているワンピースのこと?」

「そう。」

「ちがうよ。お葬式《そうしき》の帰りだよ。ほら。」

と言って、少女は右足を少し前に出した。

ソックスと靴《くつ》が黒い。

「だれか亡《な》くなったの?」

ときくと、いつものなまいきな調子で少女は答えた。

「毎日、だれか死んでるよ。」

「そりゃあ、そうだ。」

と、つい納得《なっとく》してしまう。

わたしは質問《しつもん》をかえた。

「きみもここに用があったの?」

「ないよ。外は人通りも多いし、ここ、涼《すず》しいから。」

と答えたところをみると、どうやらわたしの相手をする気らしい。

案の定、少女はわたしに言った。

「おじさん、買い物が終わったら、散歩にいかない？」

何かおもしろい本はないかなという程度《ていど》の気持ちできただけで、とくに本をさがしているわけではない。

わたしは言った。

「本はべつにいいよ。散歩なら、暗くなる前がいいし。」

そうは言っても、散歩に出れば、とちゅうで外は暗くなる。

「じゃ、いこうか。」

少女は階段《かいだん》にむかって歩きだし、それをおりると、店の外に出た。

「どっちにいこうか。」

とわたしにたずねることもなく、少女は道を右にとり、その先の道をまた右にまがった。

正面は丁字路で、交差点をわたったところに、カメラや電気製品《せいひん》の量販店《りょうはんてん》がある。そこまでいってしまうと、女の子が好きそうなブティックはない。

丁字路の交差点の信号が青になるのを待っていると、少女が言った。

「ほら、もう人が住まなくなって、あとはとりこわされるだけっていうような家があるでしょ。」

「廃屋《はいおく》のこと？」

わかりきったわたしの質問《しつもん》をからかうこともなく、少女は、

「そう。」

と答えてから言った。

「そういうのを見ると、おじさん、どんな気持ちになる？」

カメラや電気製品《せいひん》の量販店《りょうはんてん》の裏手《うらて》に、コインパーキングがある。以前そこは小規《しょうき》模《ぼ》の病院だった。わたしが知ったときにはもう、建物は使われておらず、病院だったとわかったのは、玄関《げんかん》の上に看板《かんばん》がまだ残っていたからだ。

病院として機能《きのう》していないだけではなく、だれも住んではおらず、ネコたちのすみかになっていた。こわれかけた木の塀《へい》のすきまに、ネコが入っていったり、そこからにゅっと顔を出したりしていたものだ。

その病院の前にいくと、かならずわたしは、ひとつの光景を思《おも》い浮《う》かべた。思《おも》い浮《う》かべたというより、思《おも》い浮《う》かんできてしまったと言ったほうがいい。

それは、その病院ができたばかりのときの光景だ。

むろん、そんな光景は見たことはない。わたしがその建物を知ったときにはすでに、そこは廃屋《はいおく》だったのだ。だから、わたしは見たはずのない光景を思《おも》い浮《う》かべたことになる。

病院の玄関《げんかん》に四十くらいの男がいる。その左右には、三十代とおぼしき男がいる。三人とも白衣を着ている。三人とも医師《いし》で、まん中の男が病院の院長なのだ。三人の医師《いし》の左に白衣の看護婦《かんごふ》が数人立っている。右には開襟《かいきん》シャツの男が数人。事務《じむ》関係の男たちだろう。立っている者たちの前に、ひざをそろえ、しゃがんで看護婦《かんごふ》がならんでいる。そして、みなの前に三脚《さんきゃく》があり、カメラマンが黒い布《ぬの》をかぶって撮影《さつえい》するようなカメラがある。そこにはカメラマン、というより写真師《し》がいて、

「みなさん。もうちょっとだけ、まん中のほうにつめてください。」

などと言っている。

つまりそれは、できたばかりの病院の前で、みんなで記念撮影《さつえい》をしているところなのだ。

たぶんそれは、少なくとも五十年は昔の光景なのだ。もっと昔かもしれない。わたしの想像《そうぞう》の院長は小柄《こがら》な男で、鼻の下にちょび髭《ひげ》をはやしている。それもわたしの勝手な想像《そうぞう》だ。

しかし、その病院の廃屋《はいおく》もすでになく、土地はコインパーキングになっている。

そんなことを考えていると、むなしい気分になってくる。

わたしは信号が青になったのに気づかず、

「おじさん。青だよ。」

と少女にうながされて、横断《おうだん》歩道をわたりはじめた。

少女は量販店《りょうはんてん》のかどをまがって、細い道に入っていく。少しいくと図書館があり、そのすじむかいがコインパーキングだ。

十五台ほどで満車になるが、数台しかとまっていない。

少女は数歩その駐車場《ちゅうしゃじょう》に入ったところで、立ちどまった。

「おじさん。ここが昔なんだったか、知ってる？」

わたしも立ちどまり、まわりをぐるりと見てから、答えた。

「病院だろ。」

「うん。」

と少女が答えた瞬間《しゅんかん》、まるで明るかった舞台《ぶたい》の照明をいきなりおとしたように、駐《ちゅう》車場《しゃじょう》が暗くなった。

道に赤い光が点滅《てんめつ》しだす。

救急車が止まっているのだ。

だが、サイレンの音は聞こえない。

駐車場《ちゅうしゃじょう》のまん中より、いくらかこちらに近いところで、パッと明かりがともった。地上二メートルくらいの高さで、かなり強い光を発している。

その下に寝台《しんだい》があり、頭に白いキャップをかぶった人たちがそれを取りかこんでいる。みな、白い予防着《よぼうぎ》を着ている。

明かりは病院の手術室《しゅじゅつしつ》にある無影灯《むえいとう》だ。

声も音も、いっさい聞こえない。

それは明らかに手術《しゅじゅつ》の光景だ。

駐車《ちゅうしゃ》していたはずの車は一台も見えない。

ふとうしろを見ると、図書館の壁《かべ》が目に入った。壁《かべ》の前で、ふたりの女性《じょせい》が立ち話をしている。真っ暗ではないが、ぼんやりと暗い。

いつのまにか、救急車がいなくなっている。

手術台《しゅじゅつだい》のまわりにいる人の数を数えてみた。

医師《いし》らしい男がふたり。そして、看護婦《かんごふ》が三人。

執刀《しっとう》している小柄《こがら》な医師《いし》がときどき看護婦《かんごふ》に何か言うと、看護婦《かんごふ》が医師《いし》の手から何か受け取ったり、わたしたりする。

どれくらい時間がたったかわからない。やがて、執刀医《しっとうい》が手術台《しゅじゅつだい》からはなれると、もうひとりの医師《いし》が看護婦《かんごふ》たちに何か指示《しじ》をしはじめた。

手術台《しゅじゅつだい》をはなれた執刀医《しっとうい》がこちらに歩いてくる。

歩きながらマスクをはずすと、鼻の下にちょび髭《ひげ》があった。

わたしのイメージの中で、記念撮影《さつえい》をしていた院長だ。

わたしたちに近づくにつれて、執刀医《しっとうい》の姿《すがた》がぼんやりしていき、わたしたちの数メートル先で消えた。

執刀医《しっとうい》の姿《すがた》が消えたのとほとんど同時に、すぐうしろで、車のクラクションが鳴った。

とたんに、手術台《しゅじゅつだい》も、それをかこんでいた人たちもすべて消えた。

すでに、あたりは暗くなっていたが、それは、いわば都会の夜の自然の暗さであり、照明をおとした舞台《ぶたい》の暗さではない。

ふりむくと、乗用車の運転席の窓《まど》から男が顔を出している。

「すみません。車、出るんで、どいてもらえますか。」

「あ、はい。」

とわたしはそこをどいた。

少女はわたしとは反対側に道をあけ、乗用車が駐車場《ちゅうしゃじょう》を出ていくのを見送っていたが、その車がかどをまがって、見えなくなってしまうと、わたしの顔を見た。

わたしは少女にきいた。

「これを見せにつれてきたの?」

「そうよ。」

と答えてから、少し間をおいて、少女は言った。

「今のはなんだったんだって、そうききたいの。」

「いや……。」

と言ったが、ほんとうはそうだった。

今のがなんだったのか、ききたい。しかし、きいても、少女がほんとうのことを言うような気がしなかった。

少女はわたしのそばにきて、言った。

「今のは手術《しゅじゅつ》。」

「それはわかるけど。」

「なんの手術《しゅじゅつ》かってこと？」

「いや、そういうことじゃなくて……。」

と言ったわたしの言葉を無視《むし》して、少女は言った。

「なんの手術《しゅじゅつ》か、くわしいことは知らない。でも、手術台《しゅじゅつだい》にいたのは、まだ二十歳《はたち》になっていない男の人よ。」

「どうして、そんなことがわかるんだ？」

「だって、その人がそう言ってたもの。まだ、二十歳《はたち》になる前、この病院の先生に、命を救われたって。」

「知り合いなの?」

「知り合いって?」

「だから、その若《わか》い人はきみの知り合いなのかってこと。」

「知り合いの定義《ていぎ》にもよるけど。」

たぶん、そのような答えが返ってくるだろうとは想像《そうぞう》できた。

そういう物言いをする少女なのだ。

わたしがだまっていると、少女は言った。

「顔は知っているけど、名前までは知らない。」

「何をやってる人なの?」

「よく、わからない。わたしが会ったときには、もうおじいさんで、仕事をしていなかった。」

「わたしが会ったときって、それ、いつごろ?」

「それは、会うっていう言葉の定義《ていぎ》によるよ。」

その言葉は予想できなかった。

知り合いかどうかは、たしかに知り合いの定義《ていぎ》による。だが、会うという言葉の定義《ていぎ》はさほど微妙《びみょう》ではあるまい。

「だから、会うっていうのは……。」

とわたしが言いかけると、少女はそれをさえぎった。

「生きているうちに最後に会ったのは、ふた月くらい前かな。亡《な》くなってからなら、きょう。きょう、そのおじいさんのお葬式《そうしき》だったの。」

「じゃあ、つまり、さっき手術台《しゅじゅつだい》にいたのは、なんていうか、幽霊《ゆうれい》っていうか、そういうことだろうか。」

「幽霊《ゆうれい》っていうなら、お医者さんふたりも幽霊《ゆうれい》だし、三人いた看護師《かんごし》さんのうちのふたりはもう死んでいるから、幽霊《ゆうれい》ってことになる。でも、ひとりはまだ生きている。介護《かいご》ホームに入ってるよ。」

「その看護婦《かんごふ》さん。生きてるなら、幽霊《ゆうれい》ってことじゃないね。」

わたしがそう言うと、少女は話の方向をかえた。

「おじさん。今、看護婦《かんごふ》さんって言ったよね。それ、今はまずいみたい。看護師《かんごし》さんって言わないと。」

わたしは看護師《かんごし》という言葉が好きでないのだ。たしかに、その仕事には男性《だんせい》もいれば、女性《じょせい》もいる。それを看護士《かんごし》、看護婦《かんごふ》というふうにわけて呼《よ》ぶのは、ある種の差別かもしれない。しかし、わたしは、看護師《かんごし》という言葉がきらいなのだ。

わたしは言った。

「べつに、きみと話しているときに、看護婦《かんごふ》と言っても、問題はないだろ。」

少女は小さくうなずいた。

「そうね。女の看護師《かんごし》に何か思い入れがある人って、看護師《かんごし》って言葉に抵抗《ていこう》があるのよね。看護師《かんごし》じゃなくて、看護婦《かんごふ》さん。さん、もつけないと、いやなんだよね。

あのおじいさんもそうだった。」

少女はそう言うと、

「ここで話していると、またクラクションを鳴らされるから、ほかにいこう。」

と言って、駐車場《ちゅうしゃじょう》の外に出た。

そこから少女がむかったのは、カメラや電気製品《せいひん》の量販店《りょうはんてん》だった。店の玄関《げんかん》わきに、クレープ屋《や》の露店《ろてん》があり、幅広《はばひろ》のベンチがある。

自動販売機《はんばいき》でチケットを買い、それを背《せ》の高いカウンターに出すと、好みのクレープを作ってくれる。

自動販売機《はんばいき》の前に立って、少女が言った。

「わたし、チョコとイチゴが入ったの。おじさんは?」

「わたしは飲み物だけでいい。」

と言って、わたしはさいふから千円札を二枚《まい》出し、少女にわたした。

ベンチで待っていると、少女がクレープとカップをふたつ持ってきて、わたしのとなりにすわった。そして、買ってきたものをひとまずベンチに置き、わたしにおつりをかえした。

客はわたしたちだけだった。

わたしが、奇妙《きみょう》なつぶつぶの入っているオレンジ色の飲み物をストローですすっていると、少女はクレープをひと口食べてから言った。

「さっき、手術《しゅじゅつ》のこと、くわしく知らないって言ったけど、ちょっとは知ってるんだ。刃物《はもの》でおなかを刺《さ》されたのよ。その手術《しゅじゅつ》よ。」

「刺《さ》されたって、けんかでもしたのかな、その人。」

「けんかかどうか、それはわからない。」

「刺《さ》した犯人《はんにん》はわかっているの？」

「本人はわかってると思うけど、わたしは知らない。だけど、きっと女の人よ。刺《さ》されて病院に運ばれたら、病院はすぐに警察《けいさつ》に連絡《れんらく》するよね。あとで、刑事《けいじ》がきたけど、あのおじいさん、歩いていたら、とつぜん刺《さ》されて、犯人《はんにん》は見ていないって、そう言いはったみたい。そんなこと、ありえる？　男か女かも、わからないなんて。」

少女はそう言うと、クレープをもうひと口食べた。そして、それをのみこむと、正面の道路を見ながら、

「だけど、犯人《はんにん》は女よ。さもなければ、おじいさん、犯人《はんにん》のこと、刑事《けいじ》にしゃべっているはず。そんなことより、あれが幽霊《ゆうれい》かどうかってことだったよね。」

と言った。

「そうだった。」

わたしはそう言ったが、少女は、わたしが見たものが幽霊《ゆうれい》かどうかにはふれず、いきなり話をちがうほうに持っていった。

「あのおじいさん、っていうか、刺《さ》されたときは未成年だったけど、その人ね、あそこの院長に命を救われたの。さっき見ていてわかったかもしれないけど、院長はすごく手術《しゅじゅつ》の手ぎわがよかったんですって。病院に運ばれるのがもっと遅《おそ》かったり、

手術《しゅじゅつ》に時間がかかっていたら、命は助からなかったらしい。あの人、若《わか》いとき、ぐれてたんだって。中学卒業して、東京に出てきて、不良やってたんだ。それで、十九のとき、刺《さ》されて、病院に運ばれて、しばらく入院しているうちに、何度も院長と話をして、このままじゃいけないって、自分でそう思ったらしい。手術代《しゅじゅつだい》も入院費も持っていなかったってこともあって、その病院の下働きみたいなことをして、お金を返すってことになったんだけど、お金を返しおわっても、ずっとその病院で働いてたんだよ。夜間の高校にいって、ちゃんと卒業したって。年金が出る年まで働いたんだけど、そのうち、院長が亡《な》くなって、それで、跡継《あとつ》ぎがいなかったから、病院は、なんていうの、そういうの？　廃院《はいいん》っていうのかな。つぶれちゃったっていうか、そういうこと。」

「つまり、手術《しゅじゅつ》が人生のターニングポイントになったってことか。」

「そういうこと。それで、あそこでそのときの手術《しゅじゅつ》が再現《さいげん》っていうか、とにかく、そういうことになったんだ。おじいさんの葬式《そうしき》のあとだし、いかにもありそうなことだよ。」

いかにもありそうなこととは思えなかったが、わたしは、

「そうだね。」

と言った。

そう言ってしまうと、自分が見たものが、いかにもありそうなことだと思えてくる。

そのあと、少女はクレープをぜんぶ食べてしまい、ベンチに置いておいたカップを手に取ると、ストローでひと飲みした。

「このつぶつぶ、カエルの卵《たまご》みたいで、ちょっと気持ち悪いけど、おいしいよね。」

と言ってから、話をもとにもどした。

「まだ生きている人もいたんだから、人の幽霊《ゆうれい》っていうのとは、ちょっとちがうと思う。幽霊《ゆうれい》っていうなら、状況《じょうきょう》の幽霊《ゆうれい》かな。」

状況《じょうきょう》の幽霊《ゆうれい》という言葉は聞いたことがない。

「状況《じょうきょう》って、シチュエーションの状況《じょうきょう》？」

わたしが確《たし》かめると、少女はうなずいた。

「そう。その状況《じょうきょう》。なんていうか、過去《かこ》にあったひとつの状況《じょうきょう》が、何かのきっかけで、きょうだったら、おじいさんが死んだことがきっかけで、その場所に再現《さいげん》されちゃうって、そういうこと。」

「そういうことって、あるのかな。」

「あったじゃない。見たでしょ。」

その言葉で、わたしは思い出した。

わたしたちにクラクションを鳴らした運転手はあの光景は見ていないと思う。もし見ていたら、あんなふうに、

「すみません。車、出るんで、どいてもらえますか。」

などとは言わないだろう。

「あれ、わたしときみにしか、見えなかったのかな。」

わたしがそう言うと、少女はちょっと首をかしげた。

「さあ、どうかな。ほかにも見えた人がいるかもしれないけれど、それはわからないな。だけど、駐車場《ちゅうしゃじょう》から出ていった車の運転手には、まったく見えなかったと思うよ。」

「人によって、見えたり、見えなかったりするってこと？」

「おじさん、何言ってるの？　そんなこと、あたりまえじゃない。」

少女はそう言うと、いかにもおもしろそうに、声をあげて笑った。

そして、笑いがおさまると、こう言った。

「だけど、見える人はめったにいないから、あれを見てたのは、わたしたちだけかもね。見える人だって、あれは見えないかもしれないし。」

「見える人だって、あれは見えないって？」

「たとえば、A、Bってふたりの人がいて、Aには見えても、Bには見えないとか、その反対に、Bには見えても、Aには見えないってこともあるからね。」

「そうなのか。」

「そうよ。じゃ、きくけど、今、駅のほうにむかって、わたしたちの前を歩いている男、ベージュのコートを着てるんだけど、おじさんに見えてる？」

「わたしはすぐ前の歩道に目をやったが、歩いているのは女性《じょせい》のふたりづれで、しかも、駅のほうにではなく、反対の方向にむかっている。

「そんな男は見えないけど。」

「そうでしょ。見えてたら、そんな平気な顔、してられるわけないもんね。」

「それ、どういうこと？」

「その男って、首から上がないんだよ。」

「えっ……。」

と息をのんだわたしの顔をじっと見つめてから、少女は道に目をやり、

「うそだよ。そんなやつ、歩いてないからだいじょうぶ。」

と言った。

「悪い冗談《じょうだん》はよしたほうがいい。」

と言って、わたしはふうっと息をついた。

すました顔で少女は言った。

「フランスのある作家がね、人生は悪い冗談《じょうだん》だって、そう言ってるよ。」

「それもうそだろ。今、きみが思いついたんだろ、その言葉。」

「ばれたか。さすがに作家。」

少女はからかうようにそう言ってから、また話を変えた。

「ほら、最初におじさんに会ったあたりに、こわれかけた家があるでしょ。」

「あるね。ずいぶん古い家だけど、まだ人が住んでいるみたいだよ。」

わたしがそう言うと、少女は断言《だんげん》した。

「住んでないよ。」

「住んでない？　だって、ときどき明かりがついているよ。このあいだも、ついていたと思う。」

「おじさんにそう見えただけ。わたしにもそう見えたけど。だけど、あの家、電気がもう止められちゃっているから、明かりなんかつかないはずだし、照明器具なんて、もうついていないよ。だけど、ときどき、明かりがついているように見えるんだ。あれだって、状況《じょうきょう》の幽霊《ゆうれい》だよ。」

「あれも？」

「そう。一家団欒《だんらん》の幽霊《ゆうれい》かな。」

「一家団欒《だんらん》の幽霊《ゆうれい》？」

「そうよ。たぶん、あの家は、仲のいい家族が住んでいたんだよ。」

「その人たちって、まだ生きてるのかな。」

「それはわからない。どこかに引《ひ》っ越《こ》して、生きてるかもしれないし、何人かはもう亡《な》くなっているかもね。でも、あそこで、何度も何度も一家団欒《だんらん》があって、その一家団欒《だんらん》が幽霊《ゆうれい》になって、ときどき、あそこに明かりがつくんだ。うそだと思うなら、今度、明かりがついているとき、外から声をかけてみたら？」

「声をかけると、どうなるんだ？」

「すぐに明かりが消えると思う。中をのぞいても、だれもいない。ほんとうだよ。わたし、試したんだから。一家団欒《だんらん》の幽霊《ゆうれい》はシャイなんだね。」

少女はそう言うと、立ちあがり、クレープをつつんでいた紙とカップをごみ箱に捨《す》てにいった。そして、もどってくると、立ったまま、思い出したように言った。

「そうそう。おじさん。クマとウサギ、買ってったの、おじさんでしょ。」

「え？　そうだけど。もし、きみがほしければ、プレゼントするよ。」

わたしがそう言うと、少女は、

「いらないよ。ぬいぐるみで遊ぶ年じゃないし。じゃあ、おじさん、またね。ごちそうさまでした。」

と言って、駅のほうに歩いていってしまった。

わたしは、中身の知れない飲み物をぜんぶ飲んでから、ベンチを立った。

たしかに、飲み物に入っていたつぶつぶはカエルの卵《たまご》を連想させた。

エピローグ

池のある公園の西側、道路を一本はさんで、小さな動物園がある。少し前までゾウがいたのだが、亡《な》くなってしまい、今はいない。猛獣類《もうじゅうるい》はいっさいいない。人気はモルモットハウスで、そこにいくと、だれでも、モルモットにさわれる。

梅雨《つゆ》明け前の七月、どんよりと曇《くも》った水曜日、わたしは開園時間ちょうどに、その動物園に入った。

フェネックの話を書こうと思い、実物を見にいったのだ。

いつ雨がふりだすかわからないような曇《くも》りの日、開園時間と同時に入ったのでは、もちろんほかに客はいない。

わたしは速足でフェネックのケージの前にいくと、先客がいて、ケージの前のベンチに腰《こし》かけている。

それはあの少女だった。

前にも着ていたことのある黒のワンピースを着ている。

わたしはいちばん先に入園したし、いちばん近道を通ってきた。わたしのあとからすぐに入り、ちがう道を猛烈《もうれつ》にダッシュしてきたのでなければ……と、その先は考えないことにして、わたしは少女のとなりに腰《こし》をおろした。

少女がフェネックのケージを見たまま言った。

「おはよう。おじさん。」

「おはよう。」

と言ってから、わたしは言いわけのようにつけたした。

「ちょっと、フェネックの話を書こうと思ってね。」

「ふうん。やっぱり、わたしのこと、書くんだね。もちろん、いいけど。」

どうしてフェネックの話がその少女の話になるのか疑問《ぎもん》だったが、そういうことを気にしていると、その少女とはつきあえない。

「きょうも、お葬式《そうしき》?」

とたずねると、少女は答えた。

「そうなんだ。ほら、前に話したでしょ、デパートの三階のカフェで。あのとき話した年よりのひとりが、おととい死んだんだよ。きのうがお通夜《つや》で、きょうが葬《そう》式《しき》。」

「このあいだ話した年よりって、夜中にカフェにくる……？」

「そうだよ。六月に見たときは元気だったんだけどなあ。夜中なのに、派手《はで》なオレンジ色の日傘《ひがさ》持ってて、デパートで買ったんだって、自慢《じまん》してたのに。」

と言ってから、少女はようやくわたしの顔を見た。

「おじさん。どうして、わたしがここにいるか、ききたくてうずうずしてるんでしょ。」

「うずうずってほどじゃないけどね。」

「教えてあげるよ。ここがうちなんだよ。」

「うち？」

「そう。わたしのうち。」

「この動物園に住んでるの？」

「そうだよ。」

「じゃあ、お父さんとかが、この動物園の職員《しょくいん》とか？」

「ちがうよ。両親はケージの中だよ。ほら、あそこ。」

と言って、少女はケージの真ん中でねそべっている二匹《ひき》のフェネックを指さした。

そして、その手をおろすと、

「キツネやタヌキ、それから、ひょっとするとハクビシンだって化けるんだよ。フェネックの少女がときどき人間に化けたって、不思議じゃないよ。」

と言って、立ちあがった。

それから、ケージにむかって、

「じゃ、パパ、ママ。いってくるよ。夕方までに帰ります。あ、それから、このおじさんが、いつも話している友だちだよ。」

と言った。

二匹《ひき》のフェネックが顔をあげた。

少女はわたしに、

「それじゃあ、おじさん。またね。」

と言って、門のほうに歩いていってしまった。

取り残されたわたしは、立って、二匹《ひき》のフェネックに頭をさげ、

「わたし、お嬢様《じょうさま》の友だちで……。」

と言って、名乗ると、二匹《ひき》同時に大きな耳をピクリと動かした。

ほんとうにそこにいるフェネックが少女の両親かどうかはわからなかったが、友だちだと紹介《しょうかい》されて、わたしはうれしかったし、挨拶《あいさつ》はきちんとしておかなければいけないというのがわたしの生活信条《しんじょう》だからだ。

作者 斉藤洋（さいとう・ひろし）
1952年東京に生まれる。1986年『ルドルフとイッパイアッテナ』で講談社児童文学新人賞を受賞。1988年『ルドルフともだちひとりだち』で野間児童文芸新人賞を受賞。1991年「路傍の石」幼少年文学賞を受賞。2013年『ルドルフとスノーホワイト』で野間児童文芸賞を受賞。主な作品に、『ルーディーボール』（以上はすべて講談社）、「なん者ひなた丸」シリーズ（あかね書房）、「白狐魔記」シリーズ（偕成社）、「西遊記」シリーズ（理論社）、「くのいち小桜忍法帖」シリーズ（あすなろ書房）、「アーサー王の世界」シリーズ（静山社）などがある。

画家 森田みちよ（もりた・みちよ）
愛知県生まれ。イラストレーターとして、作品に『あいうえお』『ABC』『これだあれ』（いずれも岩崎書店）など。斉藤洋とコンビでの作品に『しりとりこあら』（岩崎書店）、『ドローセルマイアーの人形劇場』（あかね書房）、「ぶたぬきくん」シリーズ（佼成出版社）、『遠く不思議な夏』（偕成社）、『クリスマスをめぐる7つのふしぎ』『あやかしファンタジア』『現代落語おもしろ七席』（いずれも理論社）などがある。

オレンジ色の不思議

作者　斉藤洋
画家　森田みちよ

2017年7月19日　第1刷発行

発行者　松岡佑子
発行所　株式会社静山社
〒102-0073　東京都千代田区九段北1-15-15
電話・営業　03-5210-7221
http://www.sayzansha.com

カバーデザイン　坂川栄治+鳴田小夜子（坂川事務所）
本文デザイン・組版　アジュール
印刷・製本　中央精版印刷株式会社
編集　小宮山民人

Published by Say-zan-sha Publications, Ltd.
ISBN978-4-86389-385-6 Printed in Japan